舞獅少年的天空

潘怡如◎著
許育榮◎圖

名家推薦

陳幸蕙（少兒文學名家）：

本書背景為中台灣花之鄉田尾，作者以少年葉翔在田尾的成長過程為主線，鋪敘了一個生動可喜的故事。全書從充滿防衛意識的葉翔，打開心門，不再抗拒友情的敘述切入主題，並結合田尾獨特的景觀風貌、地方特色如花卉、舞獅等，一路帶領讀者進入令人期待的情節高潮。作者顯然對舞獅藝術與田尾一地有深入的了解，故能充分呈現在地風情，增添趣味性與悅讀效果。全書故事豐富曲折，飽蓄戲劇張力，友誼、自信的主題處理溫馨得宜，是頗富啟發性的少兒小說。

李偉文（少兒文學名家）：

在我們這個時代，單親家庭愈來愈多了，而且因為家庭因素干擾到孩子正常學習與成長的現象也愈來愈普遍，《舞獅少年的天空》描述了身處幸福家庭中的孩子如何協助不幸的孩子走出封閉的自我，並且在當前正夯的民俗技藝舞獅表演中發揮團隊精神，找到自己的天空，帶給孩子面對未來樂觀的希望與期待。

目錄

1. 花的故鄉

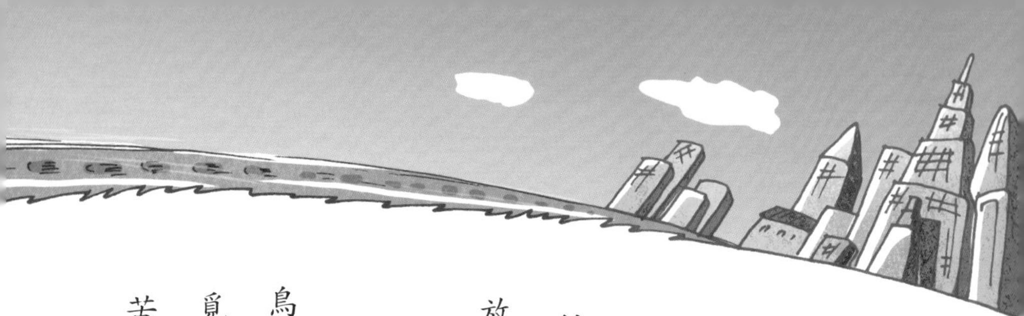

火車轟隆隆駛進，越過重重高山，飛過濺濺溪流，將少年和父親帶到一個全然陌生的地方。

行李很簡單，兩個綠色大旅行箱，放置父子倆所有的東西。少年在整理行李時，確認媽媽的照片已放置在裡面，才安心地將行李蓋闔上。

這次要去的地方，如往常般，爸爸並沒有說得很清楚。

少年沒再多問。從十一歲開始，他們不停的在搬家，如候鳥天生的宿命，漂泊是生命的進行曲，遷徙是生活的步伐，尋覓安全的棲身之地。重複的劇情再次上演：為了躲避債主苦苦追討，爸爸一聲令下，兩人在匆匆忙忙幾小時內，完成打

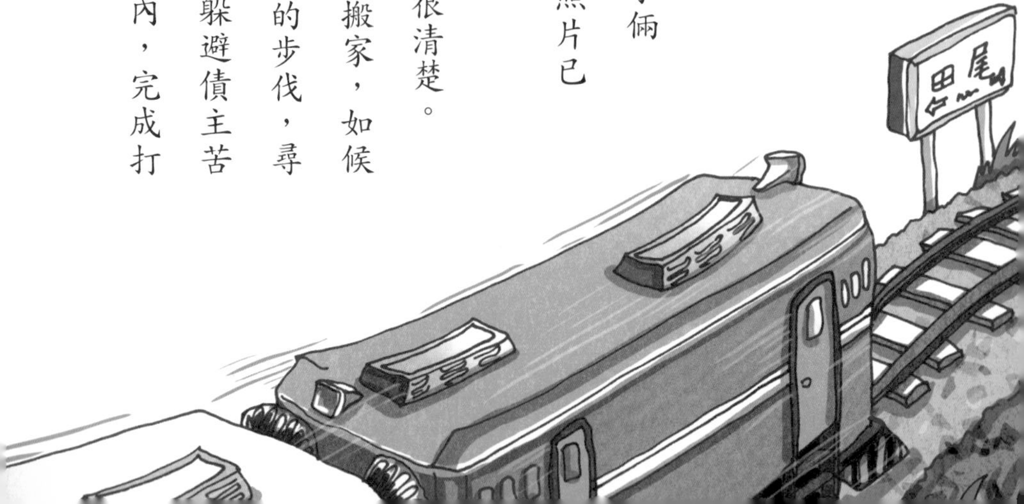

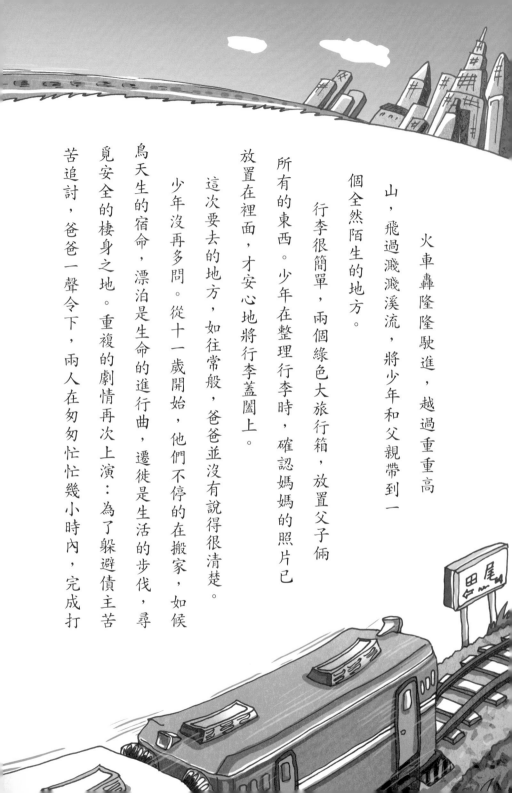

包，上車。

「唉！這次不曉得要帶我去哪裡？火車開得真慢！」少年瞥了一眼，爸爸正在閉目養神。半夜裡，債主頻頻打電話來，讓他神情憔悴不堪。

火車開往南方，風景從大樓林立到平房排列，從屋舍儼然到一片綠意蔓延，偶有屋舍如旗子在棋盤上零星點綴。少年猜測，這次要去的並不是以往住慣的大都市，似乎要到鄉下地方。

到了用餐時間，爸爸利用火車停靠月台的空檔，買了兩個便當回來。他將大的遞給少年。

「多吃點，我不太餓。」爸爸笑著說。

少年愣住。那小的便當約一碗肉臊飯的分量，沒有其他配菜，一個大男人扒個幾口便淨光。

「喏，排骨給你。」少年把排骨夾到爸爸便當裡，隨即再夾過去一顆滷蛋。

「我也不太餓。你幫我吃吧。」

爸爸眼光裡有欣慰的神情。少年立即掃光便當裡的食物，他只有半飽的感覺。昨晚到今天早上，父子倆都未曾好好吃一頓飯。

「你要替我好好照顧爸爸，萬一我去了天堂。」媽媽微笑的說。

「我年紀太小了。」少年回答。

「很多事不一定年紀小，就無法做到。」

「如果我說不想呢？我只想當個小孩就好。」少年憂傷的想。他默默的把杯中的吸管放到媽媽嘴邊，好讓她啜飲。他親手為媽媽搾了一杯柳橙汁。

她的手臂上插了幾支針管，藥包放置在床頭櫃上，紅藍綠的膠囊繽紛熱鬧，就是沒醫好她的病。她的身軀被癌細胞占據，健康的細胞已被擊潰渙散，直到她已沒有所謂「不會痛」的感覺。

他很少離開媽媽病榻邊，總是貼心的照顧媽媽。

「你睡吧。」少年替媽媽蓋上棉被，起身離開。在昏暗的燈光中，他聽見媽媽微弱的聲音：「你可以的，因為你叫葉翔，你的名字充滿力量。」

葉翔從夢中醒來。他常常夢到媽媽往生前幾天的情景。

「我們到了。」爸爸將兩個行李推出車廂，小站恬淡安靜，只有幾個旅客。

「你要過來接我，真是太感謝你了。」爸爸打手機給住在這裡的朋友後，去了洗手間。

葉翔跑到月台邊緣，他看到那裡有幾隻鳥兒在鐵軌上，一時起了玩心，竟想要抓來玩一玩。冷不防他一個重心不穩，竟跌到月台下面。

「好痛！」鐵軌上的大石頭銳利邊緣，幾乎要劃破葉翔的衣服。

這時尖叫聲驚呼：「這裡有人跌到月台下！快來人幫忙啊！」

葉翔回神時，他發現一群人圍了過來。明明剛剛還沒什麼人，這些人一瞬間從哪裡冒出來的？

有人將他一把抱了起來。

「老張你抱好，搞不好他骨折了，輕一點！上次我兒子也是從高處跌下，以為沒事，隔天手腳就腫得跟豬蹄膀一樣！」一位瘦瘦小小的婦女在一旁發號施令，男人點點頭，抱著葉翔就好像抱著嬰孩，放置在車站內的長椅上。葉翔痛得說不出話來。

那群人七嘴八舌的討論，該如何安置葉翔。當爸爸從洗手間出來時，看見一群人圍著葉翔，趕緊過去，還以為他惹了大禍。葉翔眼簾映入爸爸的身影，他才鬆了一口氣。

那群人見到父親來了才離開，還叮嚀他要看好葉翔。沒多久後，爸爸的朋友阿旺叔便到車站。

「你怎麼會讓你兒子摔到月台下面呢？要小心看著！火車輾過來，腦漿爆開，一條命就沒啦！」阿旺叔數落爸爸，木訥的父親點頭如搗蒜般。

「託你們的福，我兒子沒有大礙。你們這裡人真古道熱腸，願意幫助陌生人。」爸爸感謝的說。

「哎呀！田尾人很熱情，沒什麼心眼。你安心的住下來，有人找你討債，我幫你擋著！」阿旺叔拍拍他的啤酒肚，說話聲音十分宏亮，好像怕別人聽不到似的。

田尾？田的尾部？連地名聽起來都很偏僻。葉翔不安的忖度。

父子倆坐上阿旺叔的車。他們將借住阿旺叔的一間空房子。環顧周圍的鄉村風光，葉翔竟有點懷念起熱鬧的城市生活，他不曾住過鄉下，而這裡會不會偏僻到連麥當勞都不見蹤影呢？

隔日，葉翔來到新學校。轉學手續昨天已經辦妥。學校是一幢三層樓的建築，在一片田地的旁邊。爸爸載他過來，叮嚀他要在這間學校好好讀書，便騎著向阿旺叔借的摩托車去找工作。

他腳步沉重，跟著行政人員來到新教室。他腦海中浮現在上一間學校的情景：那是某個城市的學校，葉翔站在台上，老師介紹他，台下是同學們冷冷地打量的眼光，他靦腆的露出微笑，希望很快有新朋友。

然而，在這裡沒有什麼人想認識他，所有的人都在讀書，下課時幾乎所有人都安靜的坐在位子上自修或討論功課，沒有人會想要去外面走廊閒晃、打屁聊天。就算他主動找人講話，大家和他交談一兩句後，便自顧聊著自己的話題，那氛圍似乎是說：我們不歡迎你。

某天，一個戴眼鏡的男生和葉翔擦撞到。男同學喃喃自語：「哼！不知從哪裡來的老鼠，滿身臭味。」

說這句話的是全班功課最好的學生。葉翔從小被教導對人要恭謙有禮，他很訝異那位老師、同學心目中的好學生，態度竟是如此差勁。

過了兩天，他便拒絕去學校。

爸爸問他原因，葉翔敷衍他說不習慣罷了。爸爸也拿葉翔沒輒，因為葉翔到新學校，過沒多久就不去上學，並不是第一次發生。

「來！大家安靜，今天來了一位新同學，我們鼓掌歡迎。」台下同學熱烈鼓掌，這裡是二年九班。

「大家好。」他勉強擠出笑容。

「新同學你好帥！你是原住民嗎？」一位同學舉手發問。

「不是。」葉翔皮膚黝黑，還有黑白分明的大眼睛，鼻子挺拔，臉龐比一般男生帥氣。

「你從哪裡來的？」一個帶粗框眼鏡、小平頭的男學生舉手。

「李威宏，老師還沒介紹他的名字，別急著發問。」老師說。台下爆出一陣笑聲。

「新同學姓葉，名翔。」老師慎重的在台上寫下他的名字。「他來自台北，大家要和他作好朋友，讓他早點熟悉這裡。請威宏下課帶他認識新環境。」

「沒問題！」李威宏拍拍胸脯。

一下課，他想離開教室。獨自一人沒什麼不好，他和寂寞作好朋友就夠了。

「葉翔，我帶你到處走走。」威宏追了上來。

「不用了，謝謝。這裡不大，我很快就會熟悉的。」

「那我們聊聊吧！你喜歡打籃球嗎？這裡的市場旁邊有一個籃球

場，放學後你跟我們一塊去吧！上次我們和隔壁班比賽，我們連贏兩場了！……」

「……」

「葉翔，你之前讀哪間學校？我表哥也在台北讀書呢！搞不好你們在同一間學校。」說話的是一個圓臉的女同學。

「我聽說台北來的都很活潑愛講話，你怎麼和我印象中的台北人不太一樣？」一個男生緊接著問。這時葉翔才發現身邊圍了幾位同學，好奇的向他發問。讓他無法走出去。

「我……想去廁所。」

「我想起來了！你就是昨天掉在鐵軌上的人對不對！」說話的一個個子矮小的男生，他尖銳的聲音使得大家一齊轉頭看他，瞬間安靜下來。

「真的啦！我昨天和我奶奶去送我哥去車站，他掉在鐵軌上的時候，很多人都看到了！」

真是糗斃了。葉翔不禁臉紅，拳頭緊握，身體微微顫抖。「來吧，如果你們要嘲笑我就笑吧，我不會在乎的。」他閉上眼睛，等著如凌遲的嘲笑聲響起——

「你沒有事吧！摔在鐵軌上，會痛死人的耶！」

「對啊！而且鐵軌上的石頭，每一個都又尖又大！你是不是流很多血？」大家連忙七嘴八舌的安慰他，葉翔忽然眼眶有點溼潤起來。

班級導師教的是國文。她長得很高，約有一百八十公分，一頭及肩的直髮，肚子大大的，宛如身懷六甲。若她沒有微笑，看起來是很嚴厲的老師。

「葉翔，我手上有你過去學校的生活紀錄。你好像不太喜歡上學。」新導師在第一節下課後，便把他找來辦公室。

葉翔沉默。之前幾位導師，一看到他的翹課、打架紀錄，不是沒多說什麼，只皺著眉頭，要不就是嚴肅地開始訓話。

「我希望，這裡是你新的起點。如果你願意改頭換面，重新過正常的學校生活，遵守生活常規，用功讀書，好好認識新朋友，你在這裡會很愉快的。」新導師微微笑。

新導師對葉翔很和善，使他鬆一口氣；至於是否能有新生活，葉翔並不抱太大期望。他只希望這次至少能待到半年以上。

葉翔漸漸認識二年九班的同學。威宏和明佑是哥倆好，整日打打鬧鬧、嘻笑追逐；啟仁是班上功課最好的學生，頗有老大的氣勢，會替班上爭吵的同學排解糾紛；凌羽是可愛的萬人迷，下課在教室外偷看的男生都是為了目睹她的丰采。

最讓他注意的，是一個叫亦婷的女孩。

亦婷是班長。她不是長得頂漂亮。一頭烏黑長髮，白嫩的臉上，是細細長長的眼睛，笑起來會有甜甜的酒窩出現在兩頰上。每一次她經過葉翔的身邊，他隱隱約約聞到一種清香味。在田尾幾乎家家戶戶都有種植花卉或植栽，她身上的味道是會是她家種的花香嗎？

亦婷在他轉學進來，劈頭就對他說：

「我覺得你很奇怪，班上的人都很想了解你，你怎麼不太回應人家？」

「有人問問題，另一個人一定得回答嗎？」

「當然沒有，但是你已經是我們班的一份子，你得回答我們的問題，我們才能了解你啊！」

葉翔不等亦婷說完轉頭就走。

他不知道要怎麼回應這麼熱情的同學。他害怕敞開心門了，分離的那天來臨又會多麼不捨。過不久是否債主又要苦苦追逼？爸爸是否又要帶他遠走高飛？好多的疑惑縈繞在他的心頭。這一些是同學們無法理解的。

「爸爸，晚餐好了。」

「辛苦了。今天吃炒飯，好香啊！」爸爸找到一份貨運的工作。

有時候晚上還得加班。今天也是如此。

送走爸爸出門，過沒多久門鈴聲響起，葉翔打開，竟然是亦婷。

「葉翔，我來幫你送作業。」

「怎麼是妳？」

「班導叫我送來的。今天你請病假，老師都會派同學將作業送給生病的同學。還有，你口中的阿旺叔是我爸爸，從你們第一天來田尾，我就知道你了。」

亦婷細細長長的眼睛看著他，如平常一樣掛著微笑，眼光開始打量屋內。

「你不打算請我進去坐坐嗎？」

「我家只有我一個男生，讓一個女生進來，妳不會覺得很奇怪嗎？」

「你會對我怎樣嗎？你信不信我的尖叫聲很大很大，我爸聽到會立刻趕過來痛揍你一頓？」

不等葉翔答腔，亦婷一個跨步進到屋內，葉翔立刻伸出手臂擋住她。

「讓我看一下你家！」亦婷蹲低穿過他的手臂，葉翔完全沒預料到，他最不想讓人看到的事情發生了。

「葉翔，你家好小，看起來……年代有點久遠。」

「那是妳爸借我們暫時住的，有得住我就滿足了。」

屋內燈光黯淡，家具僅止於一張木椅、木桌和矮板凳。角落兩個大行李箱還擱著。

「這房子有點像國文課本中提到的五柳先生一樣，家徒四壁。不過如果只是暫時，其實還不賴啦。」

葉翔窘到說不出話來。她會不會瞧不起他呢？

「葉翔，我帶你去附近走一走，認識環境。你還沒在這裡繞一繞吧！我帶你去認識真正的田尾鄉。」

月亮的清輝，柔柔的擴散在夜幕中。是夜晚的魔力嗎？葉翔不想再將友情的邀請，遠遠的推在心門之外。兩人騎著腳踏車，在夜間的小路上閒逛著。

除了到學校的路途之外，葉翔不曾好好逛過這裡。他作好隨時離開的預備，自然也放棄認識一個新環境的好奇心。

腳踏車經過一段長路之後，他發覺身邊是一畦一畦的花田，或是綠油油的植栽，再往前騎過去還是數不清的植栽，數大的壯美便令人嘆為觀止。

它們如整裝待發的士兵，排列得整整齊齊，威風凜凜，肅穆不語，守護著寧靜的夜、寧靜的田尾鄉。不需要辨識任何植物的名字，多年後他也能記得，大片花海植物的壯闊景觀。

「我帶你來看我們家種的花。」

他們將腳踏車停在路邊，這兒距離葉翔的家不遠。

「為什麼這裡要用這麼多燈呢？」

葉翔指著花田問。花田上有一排排的燈照耀，看來不只是照明的功能。

「那是為了使菊花能提早開，且開得更漂亮。」亦婷很有耐心地解釋。「這是我們田尾人想出的辦法，別的地方還仿效我們呢。」

在黃燈泡的照耀中，一排排的花恍若有魔力般，吸引住葉翔了。

葉翔迫不及待，想要看含苞待放的花，綻放迷人風姿的那一剎那，這裡的花是花中的花朵，是蘊含天地精華的花兒，他在心中如此深信。

他那一晚睡得非常熟穩香甜。之前，他人在這裡，老覺得沒有歸屬感，腦海中會不安地想著是否會再流浪到哪裡；今晚讓他確信，漂泊的步履，似乎真的能暫時停歇，安穩的甜蜜感油然而生。他覺得自己真正「抵達」田尾鄉這個地方了。

今天的英文課，發下小考考卷。英語老師長相甜美，一頭長長的捲髮，會帶大家唱英語歌、朗讀英語劇本；然而，她教學嚴厲是聞名全二年級的，只要是她教到的學生，成績平均都會是那一年級最高分。

她規定很多的作業，以及補考制度。只要小考不及格，那人放學就得留下來罰寫和補考。

葉翔因為時常轉學，課業可說是一塌糊塗。

英語考卷發下，明佑一看到葉翔的分數，便笑著說：「英語不好喔！慘了，你考不及格，放學得留下來了！」

明佑向來愛開大家玩笑，講話口無遮攔。葉翔緊握拳頭，他差一點要揮拳揍明佑。被嘲笑的滋味，總讓他想起以前那位戴眼鏡的好學生，輕蔑驕傲的眼神。

葉翔忍不住踹了明佑的桌子一下，雖然力道沒有太大，但還是嚇到了明佑。

葉翔一手拿著考卷，衝出教室。他靠在走廊上的欄杆，茫然看著遠方。

爸爸曾叮嚀過他，來到新環境，不要再像過去一樣，貿然衝動，然而改變壞毛病，遠比他想像中困難。

威宏走近他，笑著說：「英文不好喔！」

葉翔聽了，怒氣陡然升起，心想：「難道你也是來嘲笑我的？」他臉色漲紅，拳頭再次緊緊握住，怒氣充滿胸臆。

「我找高手來幫忙你，這不就解決了？」

葉翔聽了很詫異，原來威宏是要幫忙他。威宏把啟仁叫過來，指著他對葉翔說：「來！功課有什麼疑難雜症，都可以問他！啟仁，他今天要補考英文，你教他不會的部分。」

啟仁逕自從葉翔手中拿過他考卷，看了就說：「這裡的文法我解釋給你聽！」啟仁仔細地指導葉翔試卷上錯誤的地方，還會反覆詢問，確認葉翔懂了為止。

上課鈴響時，葉翔拉住威宏，靦腆地說出謝謝二字。威宏聽了，回了他微微一笑。

之後，葉翔只要功課一有疑問，就請教啟仁或其他同學，他們都很熱情的教導葉翔。因此，葉翔留下來補考或滿江紅的考卷，越來越少了。

體育課時，老師宣布：「這堂課要測量一百公尺的短跑秒數，年底是一年一度的運動會，我們藉此選出適合的比賽選手。」

啟仁舉手，不等老師同意就逕自說：「老師，不用測量了啦！我們班有一位體育高手，每一項都派他就好了！」說了指一指威宏，威宏顯得不好意思，全班都贊同啟仁的話，紛紛跟著附和。

「威宏的實力，是全年級中數一數二的，但每一項比賽都派威宏，他恐怕會累壞吧！」老師笑著說。

威宏看起來信心滿滿，一測量，果然是全班速度最快的人。老師詢問是否還有人沒測量到，體育股長便提醒老師，還有一位新同學。

當葉翔站在測量的起跑點上，看起來一點也不緊張。

當老師喊「開始」時，他如射出去的箭，全力衝刺，那姿勢充滿爆發力以及動態美感。老師宣布測量結果，足足比威宏快了一秒，當他跑完時，只流下一點點汗水，不像其他人一跑完喘氣不停，全身癱軟，他彷彿只是完成一件不費力氣的事情。全班發出驚嘆聲。

體育老師問葉翔：「你以前練過田徑嗎？」葉翔點頭。老師滿意的點點頭：「看來，你們班又多一位體能高手了！」

「威宏！看來有人要取代你體能第一名的位置了！」明佑促狹的對威宏說。

「還有跳遠測量，他未必贏得過我！」

測量跳遠時，威宏一躍，跳了三點八公尺，是班上最好的成績；沒想到葉翔跳出四公尺以上的好成績，全班同學鼓掌叫好。

「葉翔，沒想到你這麼厲害！」威宏由衷的佩服葉翔。

班長亦婷湊過來：「今年我們班運動會時，一定可以能到很多獎牌，太棒了！」

凌羽跟著附和：「轉學生！你要為我們班好好爭光喔！」

到了放學時，亦婷拿著運動會報名表來找葉翔，要他參加短跑和接力。葉翔冷冷的說：「我不想參加任何比賽。」

不等亦婷發問，一旁的威宏急著追問：「為什麼？」

「沒有為什麼，不想參加就是不想。」

凌羽氣憤的說：「你很跩耶！我們認同你才邀請你，你為什麼老是拒人於千里之外？」葉翔並不答腔，轉身便要走。

「葉翔，你擔心無法得名，會丟臉是不是？凡是我去年參加的項目，都拿到冠軍，你的實力比我高出很多，不用擔心啦！」威宏追問葉翔，然而他並未因此停住腳步。

「你擔心萬一出糗了，班上同學會責怪你是嗎？」這句話使葉翔停下來，沒想到亦婷猜中了他的想法。

「我們班絕對不會做出傷害同學的事，而且比賽本來就有運氣好壞，我們都能夠理解，就算沒得名，也沒有人會因此責怪你的！」

凌羽也加入說服的行列：「對啊！你一定要參加，不然，豈不是乾瞪著眼看別班拿獎牌？」

「拜託！葉翔，沒有你參加，我們班就遜色了！」亦婷流露懇切的神情，拉住他的手臂，葉翔無法拒絕，他只好點頭答應。

三個人發出歡呼聲，威宏還上前給葉翔一個擁抱。

過去，新學校的同學，還來不及好好認識葉翔，他又得轉到新環境，而有些同學認為葉翔是行為偏差的壞學生，才會不停的轉學，因此欺負他；久而久之，他築起一牆牆的防衛，走到哪裡，他都把自己當作隱形人，總是刻意不認識任何人、不融入新環境，甚至時常藉故請假，這樣一來他就不會再受傷了，自然的，也不會擁有溫暖的友

情。

天邊的燦爛彩霞，在天空綿延不絕，夕陽的餘暉映入教室。葉翔隱約感覺到，心中那道高牆上的磚塊，一塊塊漸漸掉落墜下。

過了幾週之後，大家換上冬季制服，穿上厚重外套。

年底大家所期待的運動會就要來臨。整個學校瀰漫一種熱鬧的節慶感，除了比賽之外，還有趣味競賽，以及大會開幕典禮的進場遊行，整個學校都會動員起來，進行各種籌備活動。

二年九班也是如此，下課時間，有的人負責製作化裝遊行的道具，有的人練習進場的舞蹈動作。亦婷設計了以花為主題的舞曲。平常愛嬉鬧的明佑，是負責編舞的人，他今天的工作，就是負責把啟仁、威宏、葉翔教會進場遊行的舞蹈動作。

「停！威宏，你沒有跟上節拍！聽音樂的節奏，我們再來一次。」明佑再次放下音響按鈕，三個人在明佑的口令下，前兩個八拍還整齊劃一，到了第三次八拍時，馬上出現三個人各跳各的情況，逼得明佑只得再喊停。

「喔！休息一下啦！都跳半個小時了！」威宏求著明佑。

「都跳半個小時了！你們連三個八拍都還沒學好！」明佑假裝痛苦的抱住頭哀號，三個人都心虛的笑起來。

在一旁製作道具的凌羽插話說：「你們很遜耶！我和亦婷才花一小時，就已經會跳整首曲子了！」

威宏不甘示弱回嘴：「哼！了不起是吧！上次你跳遠，才跳一公尺而已！」凌羽聽了整個臉氣得變紅。

「話說回來，啟仁是班上功課第一名，而威宏和葉翔都是班上體能最厲害的，跳舞看起來不比課業和體能這兩件事難，反而難倒你們三人了！」亦婷說。

做事一向很有效率的啟仁，示意大家不要再鬥嘴。「好啦！淨說些風涼話，不如想想有什麼好方法，能使我們快一點學會。晚回去的話，我會被我媽念的。」

「既然我們跳得不好，那不要上場不就好了？」葉翔問。

「不行！你有沒有榮譽感啊？導師說化裝遊行是全班的事，不是一部分人的事，還要我這個班長盯緊你們，不可以輕言放棄！」亦婷激動的說。

不過，就連明佑也很緊張，眼看著運動會就快逼近了，這三個人卻還在狀況外。

「這樣好了，我們一對一教學吧！明佑來教啟仁，凌羽你負責教威宏，而我就來教葉翔。反正我們道具組的工作已經完成了。」亦婷對大家下指令。明佑拍手說：「好！就這麼辦！不然我的耐心快被這三個傻蛋磨光了！」

三組人便各自進行練習。亦婷一邊拉起葉翔的手，一邊說：「聽好，當音樂響起『你是我的花朵』時，右手要從額頭前劃過，再順勢直直劃下。」

葉翔的手被拉住，他注意到亦婷的頭髮散發出淡淡香味，眼睛雖然不大，但長長的睫毛使得眼睛更有神，白皙的手的觸感是嫩嫩的，跟他自己結實粗硬的手完全不同……。

「你踩到我的腳了！」亦婷大喊，葉翔連忙道歉。

亦婷雖然偶爾會罵他是舞蹈白痴、手腳不協調，還是耐心的教他。三個人在個別訓練之下，終於把整首舞的動作學會。明佑非常開心，他可以暫時鬆一口氣；亦婷則像媽媽一樣，叮囑三個人回家要反覆練習。

葉翔和威宏一起走回去。兩個人總有說不完的話。威宏分享他最近學吉他的心得，還要葉翔跟他一起學。威宏的家會先到，他與威宏道別後，一種快樂的感覺油然而生。

今天發生的事，對一般人或許再平常也不過，但他以前從來沒有享受過，和同學為一件事一起合作，也不曾有親密的好友。以前，他的朋友是要打架鬧事時，才會來找他，而他在自己的班級，完全是獨行俠。

他很慶幸，爸爸選擇來到這個鄉鎮。

十二月，運動會終於緊鑼密鼓的開始了。

開幕典禮上，進場的化裝遊行進行得很順利，葉翔的班級，每個人身上穿戴著以花朵點綴的披風，那是亦婷和凌羽花了不少時間趕工製成；當音樂一放，每個人舞動，披風隨風飄揚，場面看起來充滿朝氣蓬勃。

葉翔雖然還是有點笨拙，但至少能完整跳完。跳完後，亦婷還朝著他比出了讚美的動作。

運動會正式開始，校園瀰漫著比賽的緊張和刺激感，尖叫聲和歡呼聲不絕於耳。首先上場的是趣味競賽，亦婷叫威宏和葉翔一定要過來當啦啦隊。這項趣味競賽，亦婷和凌羽都有參加，選手們得先踢足球一小段，接下來抵達另一端，將飛盤投進一個大呼拉圈內，再將球踢回來。

亦婷是女生的第一棒，沒想到她太緊張了，投飛盤時，一直都投不中，眼看著其他班級速度越來越快，威宏和葉翔賣力吶喊，為她加油。亦婷足足投出第十次飛盤，才投進圈內。凌羽是壓軸，她以飛快的姿勢踢球，投飛盤時也俐落的一次就進，贏得了第三名。

「亦婷，如果不是妳投這麼多次飛盤才投中，我們班一定拿第二名，不，或許是冠軍！」

凌羽故意對亦婷如此說。站在一旁的威宏和葉翔跟著笑起來。

「你敢笑我！我只是運氣太差了！對了，我好渴，葉翔、威宏請客吧！」

「為什麼我們要請客呢？」

「我們兩個為班爭光，還不辛苦？別忘了我們還把你們兩個舞蹈白痴教導成天才，現在是你們報答的時刻了！」在亦婷要求之下，他們得冒著被學務處記警告的危險，去圍牆邊向等候已久的小攤販買冰淇淋。

「待會就要比大隊接力，女生能力弱了一點，去年我們班第四名。葉翔，有你的加入，我們班今年一定能進前三名。」威宏說。

「光靠我一個人，那我得飛得跟光速一樣快了！」葉翔笑著說。

小販遞給他冰淇淋，葉翔正要掏出錢來，冰淇淋卻被站在旁邊的另一個人搶走。

「你買東西不排隊啊！我們先來的！」葉翔對著那人氣憤的說。

「不好意思！誰叫你動作那麼慢，先讓給我吧！」這人說完便舔著冰淇淋，大搖大擺離開，威宏氣得直吼：「一班的！你最好別讓我再遇見你！」

老闆將另一份冰淇淋遞給葉翔，讓葉翔的怒火降溫一點。

威宏告訴葉翔，那個學生是老師們眼中的頭痛人物，因為蠻橫不講理，時常和別人起衝突，到處惹是生非。

有那麼一刻，葉翔想要衝上前去，給那個矮矮胖胖的傢伙一頓教訓，好讓他知道，沒有人是好欺負的。要不是他們得先將冰淇淋送給亦婷和凌羽，就算威宏攔阻，他也不打算放過他。

過了半小時後，二年級的大隊接力開始。由於班級眾多，得分兩組進行，葉翔的班級僥倖進入前四強，在下午時舉行決賽。葉翔參加了一百公尺的短跑，還有跳遠比賽，都拿到冠軍。他和威宏以及明佑、啟仁還報名參加四百公尺接力比賽，也拿到第二名的好成績。

當中場頒獎典禮時，葉翔身上掛滿三個獎章。九班的同學對這位轉學生刮目相看，紛紛稱讚葉翔，就連班導師在中午吃飯時間，也公開讚美葉翔的佳績。

下午三點，緊張刺激的大隊接力決賽開始。每個班級的比賽隊伍分別由六女六男組成，女生先跑再輪到男生。

威宏是男生的第一棒，輪到他時九班是最後一名。威宏奮力往前衝刺，全班賣力吶喊，威宏漸漸超越其他選手，成為場上的第二名，操場上圍觀的同學轉而為九班加油。到了最後一棒葉翔，九班所有的人將奪冠的機會寄予在他身上。

當葉翔站在起跑點時，盤算目前形勢，只要班上倒數第二個人維持在第二名的速度，由葉翔拿下冠軍並非難事。

最後第二棒來了，葉翔做好預備姿勢。

倒數第二棒是明佑，他看到明佑的身體在操場另一端，如快速的小點，越來越大，維持著他所預期的第二名速度。

當明佑衝上來時，葉翔接過棒子往前衝刺，但一會兒便被後面跑者貼身擦撞，葉翔被撞倒在地，全場發出惋惜聲。那個冒失鬼繼續奔跑，而序位第四的跑者眼看著要追上來，還好葉翔無礙，拿起棒子再往前飛奔。

他用盡全身力量衝刺，想要替班級拿下冠軍。獎品沒什麼大不了，不過是四箱鋁箔包飲料；但亦婷從比賽前就掛念著比賽結果，那個願望也變成葉翔的意念。當結果是他只超越兩人，拿下亞軍時，葉翔比完後立即去找那故意讓他掉棒的人。

此時，比賽選手尚未從操場解散，葉翔記得那人的身形，矮矮壯壯的。葉翔環顧四周，便在二年一班同學中發現那個人，而他正是早上搶他冰淇淋的無賴。

「你！為什麼故意撞我，為了贏，耍這種手段你心安嗎？」

不等那個人答話，一班的其他學生高聲說：「比賽時本來就容易發生相撞，你只是運氣不好摔倒，憑什麼賴到別人頭上呢？」其他一班的同學紛紛附和，一群人的聲勢引來操場上老師們的注意。

「你出來說清楚！是不是故意的，你心裡有數！」葉翔生氣的站在那人前面，那人臉色發白，葉翔接著又厲聲詢問數次，那人才吞吞吐吐的說：「我……沒有故意撞人，你別亂說。」

那句「亂說」反而激起葉翔更大的憤怒。為何不公平的事又再發生？為什麼做壞事的人逃過一劫？他下定決心，一拳揍過去，他要親手制裁這個不老實的傢伙。

那人哀嚎一聲，眼睛立即出現黑眼圈，二年一班的學生面目變得猙獰，眼看著一場打鬥一觸即發。

威宏和啟仁上前架住葉翔，避免他再次動手；學務主任過來，將兩個人帶離操場。

葉翔已經豁出去了，他很清楚接下來的處罰程序：他會被帶到學務處去，被記上大過。

學務主任將兩人叫來面前問話。

那人手上已拿著冰袋敷眼睛。「葉翔，你不分青紅皂白，便打了胡少文，怎麼可以這樣？」主任厲聲的問。

「我沒有！他分明故意撞我的。」葉翔咬牙切齒的說。

「就算他故意撞你，你可以找老師商量，動不動就打人，實在不應該！」接下來主任便對葉翔教訓一番。同時，葉翔憤怒的瞪著胡少文，胡少文羞愧的低頭。

由於兩個人各持己見，僵持不下，主任最後允諾，會將真相調查清楚。

葉翔走出學務處外，威宏和亦婷老早在外面等他。

威宏說：「葉翔，一定有不少人也看到他故意撞你，只要主任找到證人，就證明你所說的都是真的。」

「不見得吧！大人通常只相信自己想看到的，不是嗎？」

「我不懂你的意思。」

「老實說，我以前是常常愛打架鬧事，或許是為了證明我自己的能力，一點芝麻小事就會動拳頭。在前一間學校，我剛轉進去時，班級導師看到我以前的學校生活紀錄，對我說：『沒想到你看起來瘦瘦的，這麼會打架！』每當我惹出麻煩時，他不曾仔細聽我到底發生什麼事；有時是別人先挑釁我，只因為我動手就得被記處分，那些用言語羞辱我的人不也該被記過嗎？他跟很多的老師們一樣，只會精神訓話，眼神卻告訴我：『你無藥可救了！』學務主任如果要記過，就讓他記吧！」

葉翔突如其來的這一番話，亦婷和威宏被他的氣憤給震懾住，三人靜默下來。

他們終於明白，為何葉翔剛到班上時，一副防衛心很重的樣子，總是冷冷的不言不語，即使班級導師很關心他，他也不予理會。

「葉翔，你有很多的心事，我們或許無法了解。但是，我不喜歡你打架，答應我不要再動手了！」亦婷對葉翔懇切的說。

放學前，班級導師告訴葉翔，由於他動手打人，學務主任會予以小過處分；胡少文仍不承認故意撞人，而主任判斷葉翔被撞到，是比賽時本來就會偶發的意外，要葉翔不要再追究。

葉翔聽了沉默不語。

放學時，他和威宏一起回家，在威宏追問之下，他才勉強將導師的話告訴威宏。葉翔最擔心的不是處分結果，而是爸爸知道他被記過的話，一定會很失望。那是他最不想看到的神情。

回到家，他趕緊洗菜煮飯。過一會兒爸爸從外面回來，便把他叫過來問事情原委。

「到底怎麼一回事？」

「導師不都把事情告訴你了嗎？既然如此，我不想再解釋什麼。」

「你真的不是故意打人？」

葉翔聽到這一句話，蓄滿眼眶的淚水傾洩而出，他點點頭。

「爸爸相信你。你已經長大了，遇到衝突，先想一想有沒有什麼方式，是不需要透過動手打架就能解決，好嗎？」

「我想不出來。」

「辦法是要動頭腦的。下次動手之前，記得先動腦。好了，別再哭了。」

隔天，事情卻有意想不到的發展。

學務主任在下課時將葉翔叫過來，胡少文膽怯的站在一旁。主任說：「他今天一早就向我承認，他是故意撞倒你的。我將他叫過來向你道歉。」

葉翔不敢置信，只見胡少文九十度彎腰，頗有誠意的致歉。

「我會給他記過處分。你的處分從小過改為兩支警告。」

事情有如此戲劇性的變化，是怎麼一回事？葉翔一邊思考，一邊走出學務處。

一回到教室，威宏興奮的問葉翔：「怎麼樣，胡少文承認他故意撞你對不對？」

「你怎麼知道？」

「昨天我去他家一趟，質問他事情真相。他一開始還不承認，我威脅他，如果不講實話，我要將他小學六年級時還會尿床的祕密告訴凌羽。沒有人想要在喜歡的人面前出糗，他就改口說他願意承認了。」

「原來，胡少文會尿床。」亦婷不知道又從哪裡冒出來。

「噓，這是機密。妳這個大嘴巴別亂說，搞不好以後還用得到這個祕密來威脅他，有備無患妳沒聽說過嗎？」威宏作勢捂住亦婷的嘴巴。

「啊，知道祕密不能洩漏，好無趣啊！不過，葉翔不用被記過，真是太好了！」

望著打打鬧鬧的兩個人，葉翔臉部僵硬的肌肉放鬆下來。真的太好了，儘管威宏的方式不見得光明磊落，至少真相水落石出了。

葉翔想像著回家告訴爸爸這件事時，他將會有安心的表情，眼神裡再也找不到對他的失望與哀傷。

2.

魔鬼訓練

葉翔今天一進教室，教室瀰漫著一種興奮和緊張感，一群人聚在威宏的桌子旁。

「嘿，葉翔，想不想賺獎金？」威宏問。

「那得看是做什麼事！」

威宏有一種群眾魅力，他說的話在團體中，大家都願意跟從，連葉翔也被這股氣質吸引。

「醒獅競賽就等我們得名了！你跟我一起去報名吧！」

醒獅競賽是這一區國中每年度的比賽盛事。高額的獎金吸引不少學生組團參加，但是最後參賽的人數，往往只有報名的一半或者更少。威宏這次找上葉翔，他很訝異。

「抱歉，威宏，我想我還是不要參加好了。」葉翔臉色凝重的回絕。

「為什麼？你體能這麼好，一定有機會得名，你難道不想出出風頭嗎？」

葉翔猶豫了一會兒。之前，他會冷漠的回應威宏，什麼都不解釋就離開，但他現在無法這麼做。

「威宏，我老實跟你說，我從國小五年級到現在，一直在搬家。我無法告訴你原因，只是連我自己都記不清楚到底轉過幾間學校了。如果練習途中，我又得搬家，那對你而言就不公平。」

威宏的臉上閃過失望的神情。葉翔難過的離開。

爸爸突然遇到緊急的狀況。晚上，阿旺叔來到家中，和爸爸嚴肅的討論事情。討債公司竟然要爸爸在短期內，還出總金額的一半，還威脅若是沒辦法依約定時間拿出錢來，利息將再加倍。

「要不然這樣好了！你向我租一塊地，種些植栽，增加些收入。」

「萬事起頭難，種植栽我是外行人，萬一失敗，我肩頭上的重擔豈不又再增加？」

爸爸會對未知的前途退縮畏卻，葉翔不是不明白。

爸爸以前經營過一家代理商公司多年，生意頗有聲色；但爸爸太過信任公司的會計，許多親朋好友、親近的部屬，都提出警告：這位會計覬覦公司已久，暗中攏絡職員，其中必有詭詐。

爸爸為人忠厚老實，怎麼樣也想不到跟隨他多年的會計，悄悄散播謠言，捏造虛偽的證據：爸爸想暗中將公司賣給別人，屆時所有職員都將撤換。所有公司上下人心惶惶，在某一次會議中，聯手起來請老闆離開公司！

雪上加霜的是，媽媽得了癌症，過了三個月後便撒手人寰。

爸爸失去了公司，也失掉大半的財產。為了東山再起，他另起爐灶，但命運之神不再眷顧他，新公司在起步之時，遇上空前的金融危機，致使爸爸不得不向地下錢莊借錢周轉，但無力挽回疲弱的情勢。

為了躲避債主的催債騷擾，逼得爸爸每隔一陣子就得搬家，葉翔和爸爸如漂鳥般，遷徙不定。

葉翔根本來不及悲傷失去媽媽這件事，就被躲債的忙亂不安攪亂生活。

爸爸的故事，在夜深人靜時，會像走馬燈似的，一幕一幕在眼前閃動。他的故事，有一部分也是自己的故事。葉翔對爸爸不知道該怨恨，或是該自憐。

某天晚上，他忘記當時搬到哪一個地方，半夜中爸爸手機聲響起，他「嗯、嗯」連續了幾聲，便對葉翔說：「爸爸要去辦一些事情，你在家待著。」

葉翔仍睡意朦朧。過了一小時後，他醒來了，已是凌晨一點，原本爸爸睡覺的床位仍舊空盪盪。

「爸爸會在哪裡？」葉翔不安的猜想，是討債公司的人找他麻煩嗎？爸爸會像電視新聞報導的一樣，被幫派份子拳腳打踢嗎？

他倉皇的抱著棉被到門口等爸爸回來。驚慌像霧氣一樣，籠罩著全身，沒有人能夠求助，沒有人和他一起分擔恐懼無助。

直到早上八點，爸爸才回到家中，毫髮無傷，神情顯得疲憊，也沒有說發生了什麼事。

望著爸爸躺在床上睡覺的背影，他覺得搬家無所謂，被人討債無所謂，沒有朋友無所謂，只要爸爸在他身邊就足夠了。

爸爸是天地間唯一的親人，他要守護爸爸。

從那一天之後，葉翔主動提出餐點由他打理的主意。做菜對他而言，向爸爸請教，短時間學會不是難題，還可以省下錢來，讓爸爸多存點錢還債。

爸爸聽到這個主意，以為葉翔在開玩笑；直到葉翔用自己的零用錢買了菜回來，央求自己教他做菜，他才明白兒子不是說說而已。

葉翔學得很快。他用很簡單的材料做飯，父子倆就能吃飽。沒多久之後，葉翔不只是做菜，洗衣服，所有家務事都一手包辦。雖然爸爸從沒說出口來，但他感覺爸爸很高興他的表現，零用錢還多給他一些。

好不容易生活的曲調不再是匆忙與慌亂，茫然與無助，現在卻又被討債公司打破安寧了。

葉翔希望留下來，留在這個美麗的小鎮，留在會用微笑與鼓勵對待他的同學身邊，內心深處吶喊著：「我不想走！」

他外套也沒穿，便奪門而出。

一開始是快走，接下來是在漆黑寂寥的路上狂奔起來。

跑！將這無助又悲哀的感覺趕走吧！「留下來吧！爸！」的心聲

和另一個畫面激戰：爸爸抓著頭告訴阿旺叔「我沒多少機會了！」之後，他們又得匆忙打包行李……。

葉翔想起前面不遠拐彎處，便是威宏的家。他彷彿想起什麼似的，突然停在路中央。一輛機車冷不妨差點撞到葉翔。「少年人，走路要走好啊！」

他來到了威宏家。一按門鈴，便是威宏來應門。

「葉翔，是你啊？這麼晚了有什麼事？」

「威宏，我和你參加比賽。就算我爸要我搬家，我就……一個人住在這裡，直到比賽結束！」

威宏綻放驚喜的笑容，一把抱住葉翔，又跳又叫：「你答應了，不可以再反悔！」

蟲聲唧唧，夜風帶著寒意，葉翔焦躁的心卻安定了下來。他想起媽媽生前常說，就算環境再困難，想辦法做些什麼事，就不會慌張失措。

醒獅競賽贏不贏不是那麼重要，他渴望伸展四肢，血液在體內激動的奔流；勝利的渴望，在他心中萌生出美麗的嫩芽。

威宏的哥哥參加過醒獅競賽，影響威宏對學舞獅也十分熱衷。這個比賽是推廣性質，據說是地方上某位不肯具名的企業家出錢主辦。這個比賽任何人都可報名，而教練也是企業家出錢，練習完全免費指導。由於祭出對學生具有誘惑力的獎金，每年吸引不少人摩拳擦掌，角逐比賽資格。

「教練是一個很難相處的人。」去體育組報名時，威宏一臉神祕兮兮的說。

「怎麼說？」葉翔露出不解的表情。

「聽說，他以前是一名體育國手，後來受傷，復健後再也不能回到比賽場上；還有人說他是政府派出的間諜，做過各種特殊訓練，現在退役後，國家安排他來當體育老師，若有需要準備隨時召喚回去。」

「我不相信！比賽就是比賽，管他什麼樣的人教我們。」

體育組長聽聞他們是來報名的，卻不拿出報名表。「你們來報名醒獅競賽的？」

葉翔和威宏點點頭。

他一臉嚴肅的說：「如果只是為了錢而報名，我勸你們還是打退堂鼓吧！」

「誰說我們是為了錢！我們是真的想參加比賽！你到底要不要給我們報名表？」

葉翔示意威宏不要再說下去。「老師，有人要報名，應該是好事吧？你不鼓勵我們，反倒阻擋我們，為什麼呢？」

體育組長兩手一擺：「我只是希望，不要有人『受傷』，來向我抱怨。」

葉翔說：「練習時，擦傷、破皮本來就會發生，我們會自我保護的。」

「我說的不是身體受傷。是這裡！」組長指著心臟的位置。

「很多人受不了張教練的訓練，心理受傷，懂嗎？」

葉翔和威宏兩人面面相覷。

「我們一旦報名，不會輕易退出的。」

組長愣住，遞給他們報名表：「好吧！報名表上有練習時間和地點，記得明天一定要準時到！」

隔日，在操場籃球場後方，共有九組人等候教練。張教練戴著金絲框眼鏡，個子不超過一百七十公分，他穿著一身深藍色運動服，削瘦的臉龐配著冷峻的表情，葉翔立即明白為何會產生他是間諜的謠言。

「希望各位能好好加油。接下來的練習會很嚴格，我給你們三天，要退出練習的三天後跟我說，懂了嗎？」他銳利的眼光掃過大家，彷彿一股寒光掃射，每一個人既驚惶又畏懼。

有兩位同學姍姍來遲，還嘻嘻哈哈的走過來。教練一臉不耐煩的臉色瞪著他們。

「教練，我們來參加舞獅練習的。」

「對不起，你們失去資格了。」

「為什麼？」

「你們遲到了三分鐘，以後練習也不會準時的。走吧！」教練的聲音又冷又低沉。

兩人很訝異，試圖辯解：「我們是因為……」

「別說了！我不會讓你們參加的！」張教練冷冷回絕，兩人只得悻悻然離開練習場地。

「這三天是基本體能訓練。好，開始練習，大家先繞操場跑十五圈。」

操場十五圈是三千公尺。人群發出騷動聲，但一見到教練冷酷的表情，所有人又立刻安靜下來。

「中途別停下。停下來的人，我就會取消資格。」

所有人開始跑步。到了兩千公尺後，有的人已經快跑不動了，葉翔調整好自己的呼吸，速度稍微下降，但他一直居於領先地位，而威宏緊跟在後。

跑完三千公尺後，所有人累得氣喘吁吁。斗大的汗水自每個人身上流下，全身的肌肉緊繃痠痛起來。

「好，剛剛我幫每一個人測過時間。超過十六分鐘的人，很抱歉你們得退出練習。」教練無情的宣布。

有兩個人毫無選擇，無奈的離開操場。

「好，剩下八組人。你們盡全力練習。不要讓我覺得，花在你們身上的時間，完全是白費的。現在，我們要做肌力訓練。」

「哇！我們撐得過去嗎？」威宏小聲的問葉翔。

「一定要撐過去，別讓教練看不起我們。」

接下來，他們分別練習仰臥起坐、伏地起身、蹲馬步。只要有人

露出稍疲憊的表情，教練便冷言冷語：「你要不要直接退出好了？」那人就立即恢復緊繃狀態，絲毫不敢鬆懈。

大家沒有預料到第一次練習就如此疲憊。一小時後，聽到教練喊：「練習結束，明天準時到。」所有人如釋重負。

翌日，訓練又比前一天加重，連早上也得在上課前練一小時。教練所訓練的內容，並沒有如大家預期

般，學習舞獅技能，不是跑步就是肌力訓練。

練習第二天，又有一組人自動退出，在威宏追問之下，他們坦承，完全沒辦法承受教練嚴格的訓練。

放學後，所有人沿著學校外圍跑步時。威宏已經很喘了，葉翔仍穩定地往前邁開腳步。

「威宏，調整呼吸，你會跑得順一點。」葉翔說。

「我知道。我的汗滴到我都快睜不開眼睛了！」葉翔便把身上的毛巾遞給威宏拭汗。

「我覺得綁在腳上的沙包好重。真想把它偷偷拿走。」威宏冒出這一句話。

「我也是。但那是教練規定的。」

「你騙人，從第一天練習到現在，你都很輕鬆完成練習，哪裡像我都在硬撐！」

「我放學後也會練習跑步和肌力訓練。」

「真的嗎？」

「嗯，反正我也不愛讀書嘛！」葉翔沒說出口的是，爸爸多兼了一份差，加緊還錢，所以家中只有他一個人。他不想品嘗孤寂的滋味，只好靠跑步忘記這些惱人的事情。

今天的練習結束後，教練召集大家，「我知道你們心中都有疑問：什麼時候才能正式開始練習舞獅技巧？」黃昏時刻，每個人練完後的臉色，如同此刻紅沉沉的夕陽；全身一股熱氣，汗水浸濡全身的衣服，而身體的喘息彷彿不會停止。

教練眼神銳利的掃射過每個人，「等到你們撐完這個禮拜，再告訴我你們想不想參加，我可不想直接進到真正的訓練，再退掉你們。」

無視於所有人激動的神情，教練邁開大步離開。

「他是瞧不起我們是嗎？原本說好練習三天，現在又變成一個禮拜！」威宏滿臉怒氣，眼睛充滿血絲，憤怒的握住拳頭朝地面猛捶。

葉翔拍拍他，摟住他的肩膀，「好兄弟，我們要更努力，拚給他看！」

現在，他們都一起走路回家。到校門口時，亦婷出現在門的另一端。「威宏、葉翔，我帶好東西給你們！」

「這是我親手做的愛玉，快吃吃看！我家人試吃後，都讚不絕口！」亦婷說完還作出自我陶醉的表情。

「威宏，很好吃對不對？葉翔你也這麼認為吧！」

「不錯。不過我得告訴妳，我可以做出更好吃的愛玉。」

「騙人！」

「沒騙妳。下次加些檸檬汁進去，而不是加酸梅；除了加糖之外，加一點蜂蜜也能增加香氣。」

「葉翔，你懂好多。我只懂得把食物吃光光而已。」威宏佩服的說。

「討厭，葉翔竟然比我懂得做好吃的東西。這樣好了，下次我要進廚房時，把你抱到我家廚房，從旁指導好了。」

三人笑成一團，恰好也掩飾過葉翔臉頰羞澀的微紅。三人的影子被夕陽拉得好長好長。

很快的一個禮拜過了，來到宣布正式參加舞獅比賽資格的日子。

「葉翔，你有信心能被教練選中嗎？」

「當然！」

「我也這麼想！我要讓我哥看到，我也可以跟他一樣行！」威宏堅定的說。

在操場上，七組人在操場一排站開，所有人不敢吭一聲大氣，屏氣凝神聽教練公布。

「李威宏、葉翔，恭喜你們可以加入比賽隊伍！」接下來另四組人陸續被點到名，沒被選上的同學垂頭喪氣離開行列，如被打敗的士兵般，拖著沉重的腳步。

「你們表現得很優秀，我很高興有機會訓練你們。下週我們改在體育館二樓練習舞獅技巧。」

今天葉翔一進到教室，亦婷和凌羽正在剪東西。

「葉翔，每個人都有拿到愛因斯坦科學新知展覽的海報，你的還在嗎？」

「在啊！」

「給我！」

葉翔立刻拿給了亦婷。只見她們正將蒐集來的海報，把海報上愛因斯坦的人頭一一剪下來。

等到班導師一踏進教室，亦婷立刻跟老師說：「班導，你看！愛因斯坦正在跟你打招呼呢！葉翔也有參一腳喔！」

原來講桌的前面，貼滿好多愛因斯坦的人頭像。亦婷和凌羽還設計各種無厘頭的對白框，讓睿智的愛因斯坦如同搞笑的綜藝主持人，說著滑稽的笑話。班導並沒生氣，笑著說：「應該要先問過我，能不能使用講桌吧！」

葉翔對亦婷產生一種莫名的好感。她總是精神奕奕，上課會對老師的上課內容，直接發表想法，絲毫不害羞；成績並不是頂尖，特別的是她很調皮，開一些無傷大雅的玩笑。

有一次她叫葉翔伸出手，還得閉上眼睛，將一個小東西放在葉翔手上，等到葉翔睜開眼睛，他發現是一隻壁虎，再定睛一看，原來是假的。亦婷露出「好可惜，沒嚇到你」的失望神情，葉翔笑著將假壁虎還給她；亦婷眨眨眼，轉身將假壁虎放在一位正在睡覺的女同學頭上。每天她都有新的整人招數，連好友凌羽都難逃她的捉弄。

到了英文課，老師一進來便宣布：「今天小考不及格的放學得留下來罰寫。希望你們都有備而來！」

「慘了！」葉翔暗暗發出哀嚎。他完全沒背熟考試內容，糟糕的是放學被留下來罰寫，就沒辦法練習，而不管是嚴格的英語老師或者是教練，不去哪一邊，葉翔都會有苦頭吃。

全班已經在疾筆寫考卷，他猛抓頭，腦筋一片空白，隨便猜幾題便交出試卷。

「葉翔，剛剛考試你怎麼好像都沒動什麼筆？」一下課，亦婷便問葉翔。

葉翔一臉苦惱看著她。

「唉！你不當我是朋友嗎？還是你想一直當『燜燒鍋』？我會一直糾纏你，直到你把心事說出來喔！」

「好！我說就是。昨天我等我爸回家，等到很晚，我背著英文單字，竟然睡著了。等到醒來時已經天亮了！」

威宏走過來，對他說：「葉翔！我去求教練，讓你請假一次，你就把罰寫好好寫完吧！」

「你別求他！我趕緊完成罰寫，再溜過去！」

到了放學時，依慣例留下罰寫的人，名字會被寫在黑板上。被留下的人無不唉聲嘆氣，罰寫完老師還會補考，補考沒通過就得繼續加倍罰寫，因此留到天黑也是常有的事。

「咦！我的名字沒被登記？」葉翔驚訝的說。

「哎！我們先走為妙，免得老師發現你這個漏網之魚！」威宏說。

葉翔和威宏便去體育館練習。他的心中仍充滿疑惑。

隔天，看到英語考卷，葉翔立即明白為何沒有被留下來。一下課，他便把亦婷拉到教室外的一角。

「妳為何偷改我的考卷分數？」葉翔睜大眼睛問亦婷，怒氣沖沖。

「你發現了？」

「妳這樣做是不對的，我的成績是假的六十分，作弊是不對的事！」

自小，葉翔的爸爸就教導他，做人千萬不可說謊或是作弊，只要葉翔一犯錯，便會受到嚴厲的處分。因此，亦婷幫助他，他不但高興不起來，反倒覺得自己如同竊賊，為了練習而偷了一次及格分數。

「你這個人很死腦筋耶！反正我幫你偷偷改分數，你們就可以去練習啊！」

「我不要這種幫忙！」葉翔說完甩頭就走，留下發窘的亦婷。

到午餐時，威宏對葉翔說：「我覺得你說得太過分了，亦婷只是想幫你。」

「我不要她用作假的方式幫我！她是英語小老師，用這種方式幫忙我，萬一被別人知道，她會被同學排擠的。」

「對喔！我倒是沒想到這一點。」

兩人沉默了一陣子。

「不過，你還是跟她道個歉吧！」威宏說。

放學時，葉翔走到亦婷旁邊。她正在擦黑板。亦婷頭也沒看他，逕自做自己的事。他看得出她仍然很生氣。葉翔想說些話，嘴巴卻像是被緊緊縫住一般。

他拿起粉筆迅速的在黑板上寫下三個字。亦婷看了立刻把它擦掉，瞪著葉翔。

葉翔再寫了一次。

就這樣反覆好幾次，只要亦婷一擦，葉翔就立刻再寫一次「對不起」。

亦婷忍不住怒吼：「你再怎麼寫我都不理你！連道歉都說不出口的傢伙！」

葉翔愣住，眼睜睜看著亦婷走出教室。這時威宏走進教室，和亦婷撞個滿懷。「葉翔，我們該去練習了，你還待在這裡幹嘛？」

葉翔整個身體蜷曲，痛苦的吐出幾個字：「我講不出口。」對別人而言或許再簡單不過的事，對他而言卻萬分棘手。

「講不出口？啊！難道是你和亦婷吵架那件事？」

葉翔把剛剛的事告訴他。

威宏思考了一會兒，便說：「我看這樣好了，說不出口就說不出口，你就用你的方式表達吧！」

「用屬於我的方式……？」葉翔陷入思考之中。

晚上，葉翔來到亦婷家，按了門鈴。

「這麼晚你來……」她話還沒說出口，葉翔就緊緊拉住她的手，來到門口外。

「好痛！你想做什麼？」

葉翔將腰彎下，彎腰鞠躬超過九十度，遞出一個紙盒。

亦婷驚訝的將紙盒打開，裡面是一個海綿蛋糕，上面用七彩的巧克力屑排出「對不起」三個大字。

「對不起！」他彷彿用盡全力擠出肺中的空氣，萬般艱難的說出這句話。他手心直冒汗，害怕因自己控制不住一時的怒氣，而失去一位朋友。

「這是你親手做的吧！」亦婷喜悅的說。

葉翔此時才敢起身，害羞的點點頭。

「要說一句對不起很難，還是做一個蛋糕難？」亦婷打趣的問。

「……妳願意接受蛋糕吧！」

「我也有不對的地方，不該擅自作主偷改你的分數。我也欠你一個道歉。」

兩人沉默了一會兒。

「蛋糕我會收下的。不過，如果你願意之後幫忙我做掃地工作，就是擦擦黑板、清一清板擦，我的怒氣會消得更快喔！」亦婷笑著說。

看見她的笑臉，葉翔鬆了一口氣。「沒問題！我一下就做完了！」

那晚，星星在一月的夜空，異常的繁多閃亮。

3. 突破心圍

「今天就要開始練習舞獅了。早上練習完後，我看見教練和兩個男同學在搬道具進體育館：有表演用的獅頭，以及鑼、鈸和大鼓。真令人期待！」威宏興奮的說。

「我也是！」

葉翔興奮到昨晚在床上翻來覆去，就是睡不著覺。生活中，多了一件令人期待的事情，學校生活變得更有趣了。

兩個人來到男廁。一進到廁所，他們就聞到一種味道，那是不被學校允許的香菸味。

「慘了！快點把菸丟掉，有人來了。」

「小聲點，有人向我爸告狀就慘了！」

廁所通道裡並沒有人，但他們看到最裡面一間，有煙霧冉冉上升，似乎有兩個人躲在裡面。

「葉翔！我們要不要進去？有人在……」威宏對葉翔比了吸菸的手勢。

「我想上廁所。」葉翔毫不猶豫踏進廁所裡，威宏跟在後頭。

當葉翔和威宏上完廁所後，他們發現兩個男生走出來。一個和葉翔差不多同高，身體肌肉結實，似乎是體育選手；長著細長的鳳眼，髮質柔軟飄逸，眉宇間透露出不凡的氣質，眼神充滿桀驁不遜。另一個人體型也很健壯，比那人高了足足一個頭，看來溫和良善；兩人快步走路，但冷不妨他們眼神和葉翔、威宏交接，隨即又離去。

「呼！還好他們沒有威脅我們。有的人偷抽菸偶然被發現，怕看到的人告狀，都會動手打人。」威宏鬆了一口氣。

葉翔直覺那兩個人似乎早已認識自己，但是他怎麼也想不起在哪裡曾遇過他們。對了，個子較矮的人，跟張教練長得還真像！

到了練習時間，所有團員在體育館集合。張教練向大家說：「我來介紹我的兒子張浩，旁邊是和他配搭的同伴許立恩。他們和大家同年，也已經是一個舞獅團的正式團員。他們是來協助我們的，有許多動作我們會一起示範。現在，先來進行一小段舞獅表演。」

張浩和立恩，就是葉翔和威宏在廁所遇見的那兩人。他們現在身上穿著正式的表演服裝，一派英勇瀟灑。

打鼓的同學就定位，鼓聲鼕鼕響起，一長一短的交錯，悠揚渾厚的鼓聲，令人精神為之抖擻，帶著喜悅也帶著威武。鼓棒擊出的不只是樂聲，還有振奮人心的能量，穿射進每個在場的人心。

張浩腳尖一點地，隨著鼓聲舞弄起獅頭，立恩負責獅尾的動作，他與張浩的默契配合得天衣無縫。獅頭或忽上忽下，或左右移位，模擬獅子各種表情和動作。原本是個假獅頭，在張浩和立恩舞弄中，變得活靈活現。

葉翔並不懂得所謂表演的好壞之分，他只覺得他們的身體靈活極了，腳上像是裝上彈簧，將龐大的獅頭輕輕鬆鬆的舞弄，動作流暢，一氣呵成。

整個場上的同學，不由得將眼光聚集在他們身上，每個人都屏氣凝神，深深著迷其中。當鼓聲戛然而止時，大家才回過神來，回以熱烈掌聲。

「好厲害！我們要花多久，才能像他們那麼行？」威宏不由得驚嘆。

接下來，張教練先按照每一個人的體型，分為扮演獅頭和獅尾兩組。葉翔體型較威宏瘦小些，自然是負責獅頭的部分。

葉翔開始不安起來，他寧願自己扮演獅尾。過去，他沒有在大眾面前表演的機會，萬一搞砸該怎麼辦？但是表演中，扮演獅尾者得把演獅頭者高高抬舉起來，他總不能舉起比他高、重的威宏。

「現在開始，我們會正式練習舞獅的所有基本技巧。」張教練一改之前的冷酷，溫和的說：「你們是經過重重考驗，才來到這裡，我相信你們都是很棒的表演者。練習會很苦很累，但當你們能自由的舞

獅時，吸引觀眾的目光，獲得的快樂將是其他事無法比擬的！」

大家都很認真，聆聽著教練的教導，

而張浩和立恩配合教練指令

作出示範動作。教練改變過往冷酷犀利的作風，親切的指導每一個動作。

「首先，你們得練習蹲馬步，這是最基本的動作。馬步穩了，舞獅的『根基』才會穩。

「再來，這裡有練習用的獅頭，你們要練習一邊操縱獅頭口中的橫木，一邊操縱獅頭方向，等到這個部分做得靈活，再來學如何讓獅頭作出各種表情動作。」

每個人按照教練的指示分組練習。莫名其妙的是，葉翔總覺得張浩一直在打量他，那眼神冷酷，一點都不友善，像是要看穿他一樣。不過，葉翔覺得或許是自己弄錯了，畢竟他們才第一天見面。

在休息時間，威宏和葉翔閒聊起來。

「葉翔，這個練習用的獅頭好可愛，比正式用的小了一點。」

「你拿在手上試試看，其實還挺重的。」

「真的嗎？」

威宏拿起葉翔腳邊的一個獅頭，卻被張浩阻止。

「你不要亂拿，那個獅頭不是那小子的。」

「他有名有姓，他叫葉翔。拿錯就拿錯，你口氣不用這麼差！」

「你連誰的道具都沒弄清楚，還能記住所有的表演動作嗎？」

「我的事你管不著！」

「這個練習場上的事，我一定會管。不然，舞獅的藝術就被你們這些人給破壞了！」

等張浩走後，威宏嚷著下次一定要給他些教訓。葉翔不明白，和其他人比起來，為何張浩對他們特別有敵意？他們到底哪裡不對勁？

練完基本動作後，團員要開始練習舞獅的地面表演動作。基本上，地面獅由獅頭朝上的高獅、獅頭朝下的低獅動作、往前方的三拜獅組合而成，依編舞者發展進行的內容，表演獅子各種情緒和動作。

這時，獅頭和獅尾要展現天衣無縫的默契。獅頭決定方向，獅尾必須配搭成一體，整個獅身的動作要協調一致。

張浩和立恩負責訓練獅頭獅尾組合成整體的默契。數天之後，仍然沒有一組發展出各自的協調性，張浩個性直來直往，稍有不如他的意，便破口大罵，而選手也不敢違逆他。立恩則態度較溫和，很有耐心再三指導。

這次練習狀況也是如此。葉翔和威宏配搭做地面獅動作時，便被張浩責罵。

「你們認真一點！再重來一次。」

葉翔和威宏再次動作時，卻又被挑剔。

「停！我看不下去了，你們根本沒練好，我要看到的是活獅！不是動作僵硬的死獅子！」

威宏再也忍不住張浩目中無人的口氣，「誰說我們是死獅子！我們已演得比其他組流暢很多，你憑什麼批評我們！」

「是死獅子就是死獅。我不教了！」

葉翔氣得很想打張浩，但是他想起爸爸和亦婷的話，忍了下來。

他們已經花很多時間練習默契，但是好像還是有一些點無法突破。

立恩走了過來，搭住張浩的肩膀說：「張浩，你要求太高了，他們得花更長的時間才行。當初我們練習，也是被你爸批評得體無完膚，你還差點氣到不練了，記得嗎？」

張浩聽到立恩的話，才停止怒罵。立恩要他先去休息，由自己來陪葉翔和威宏練習。

「你們不要太介意他的態度。我跟他從小一起長大，最了解他，只要是關於舞獅的事，他對任何人的要求都很嚴厲。」

立恩很有耐心的陪伴他們練習。漸漸的，他們已能掌握住比別組更佳的默契，贏得教練的讚美。

今天爸爸一反往常，傍晚時早就在家。他邀了阿旺叔來到家中喝茶，幾位鄰居也過來湊熱鬧，一小張桌子擺在門口，幾個人就這麼天南地北聊了起來，一派悠閒。

「葉翔，都六點了，學校不是四點就放學？」爸爸問。

「我……我和同學去打球。」葉翔支支吾吾的說，這時阿旺叔開口：「葉翔，我聽亦婷說，你最近正在練舞獅比賽對吧！好好練習啊！這是我們小鎮上的大事，你可別漏氣！」

「什麼比賽？爸爸怎麼沒聽你說呢？」

「這個……因為……」

「老葉啊，你不用擔心，我們鎮上的舞獅比賽，性質非常單純，絕不是裝神弄鬼那一套，也不會把小孩帶壞的。能參加比賽的孩子，都是經過精挑細選的。對了，那個負責教舞獅的教練姓什麼來著？……」

「張，是張教練。」葉翔脫口而出。

「對，那位張教練和我曾經是國中同學。早些年時，他曾經是國手，沒想到在他最巔峰的時期，不知為何，竟退出國手隊，回鄉當個小小的體育老師。真可惜啊！」

「爸爸，抱歉。因為之前只是體能練習，誰都沒把握被選上。我……我想等到自己確定被選為比賽選手，再告訴你這件事！」

爸爸驚訝的說：「你已經被選為比賽選手？」葉翔害羞的點點頭，一溜煙躲進屋內。

晚上，阿旺叔一行人回去。葉翔和爸爸吃著水餃。

爸爸突然開口說：「阿旺叔都把關於舞獅比賽的事都告訴我了，

我很高興你能獲選。不過……接受訓練需要費用嗎？」

葉翔鬆了一口氣，他以為爸爸反對。「這倒是不用，因為辦比賽的人會負責出一切的費用。」

「那就好！那位張教練也真熱心，願意每年花時間訓練選手。他這麼用心訓練你，爸爸如果有空，要特地去拜訪他，謝謝他平時對你的照顧。」

葉翔知道為人古道的爸爸，很重視禮尚往來，也不好意思說出「不用了」之類的話。

晚餐後，葉翔迅速洗完碗，便進房間內，拿起書本來，開始做功課。在鵝黃色的桌燈之下，映照著那張全神貫注的臉龐。葉翔的爸爸走進房門內，他不敢置信自己的眼睛。

葉翔上國中後，因為轉學而導致課業荒廢，他不是在家看電視，就是和幾個愛玩的孩子翹課去玩耍。他對葉翔也滿懷歉意，因此，他也不曾責備，只祈求他在學校別再惹起爭端就好；搬到這裡之後，每天晚上他得出去兼差，直到深夜才返家，自然也無法得知葉翔晚上在家做些什麼。

爸爸敲敲房門，走近葉翔身邊，他正在背誦英文單字。

「你在讀書?很難嗎？」

「有一點。」葉翔揉揉酸澀的眼睛。「因為以前都不讀書，所以現在要讀懂，吃力許多。」

「我非常高興看到你主動讀書。」

「張教練要求我們的。」

「為什麼？」爸爸一臉詫異。

「他叮嚀我們這些練舞獅的選手，不可因練習而荒廢學業；相反的，功課要越來越好。他常掛在嘴邊的一句話就是：『練舞獅體能會變好，體能變好讀書時也會更專注，所以功課一定要更好。』我們還約定到比賽前，當天誰的小考沒有六十分，每個科目每少十分就要跑體育館一圈。英文這一科老是害我被罰跑，其他科都還好啦！」

一位教練的話，竟對葉翔產生這麼巨大的影響。

爸爸輕輕的關上房門，心中想著：「老天爺！謝謝你讓我們搬來這個好地方，讓我的兒子有些改變了！」

那晚爸爸獨自坐在客廳，思考未來的生活。上一次被催債，多虧了阿旺借他一筆錢，勉強度過搬離田尾的危機；如果他一再搬家，那麼葉翔就不能再繼續練習。

最近地下錢莊仍不時催逼討債，而他的兼差工作又有限；白天的工作，最近老闆的業務減少，使得他的工作量跟著降低。

「還是得增加收入，我們才能長久安居，老是搬家也不是辦法。」

爸爸作了決定。他拿起電話，撥給阿旺。

幾天後，葉翔練習完，他發現爸爸正在等他回家。

「爸爸，你今天這麼早回家？」

「葉翔，我要帶你去一個地方看一看，走吧。」

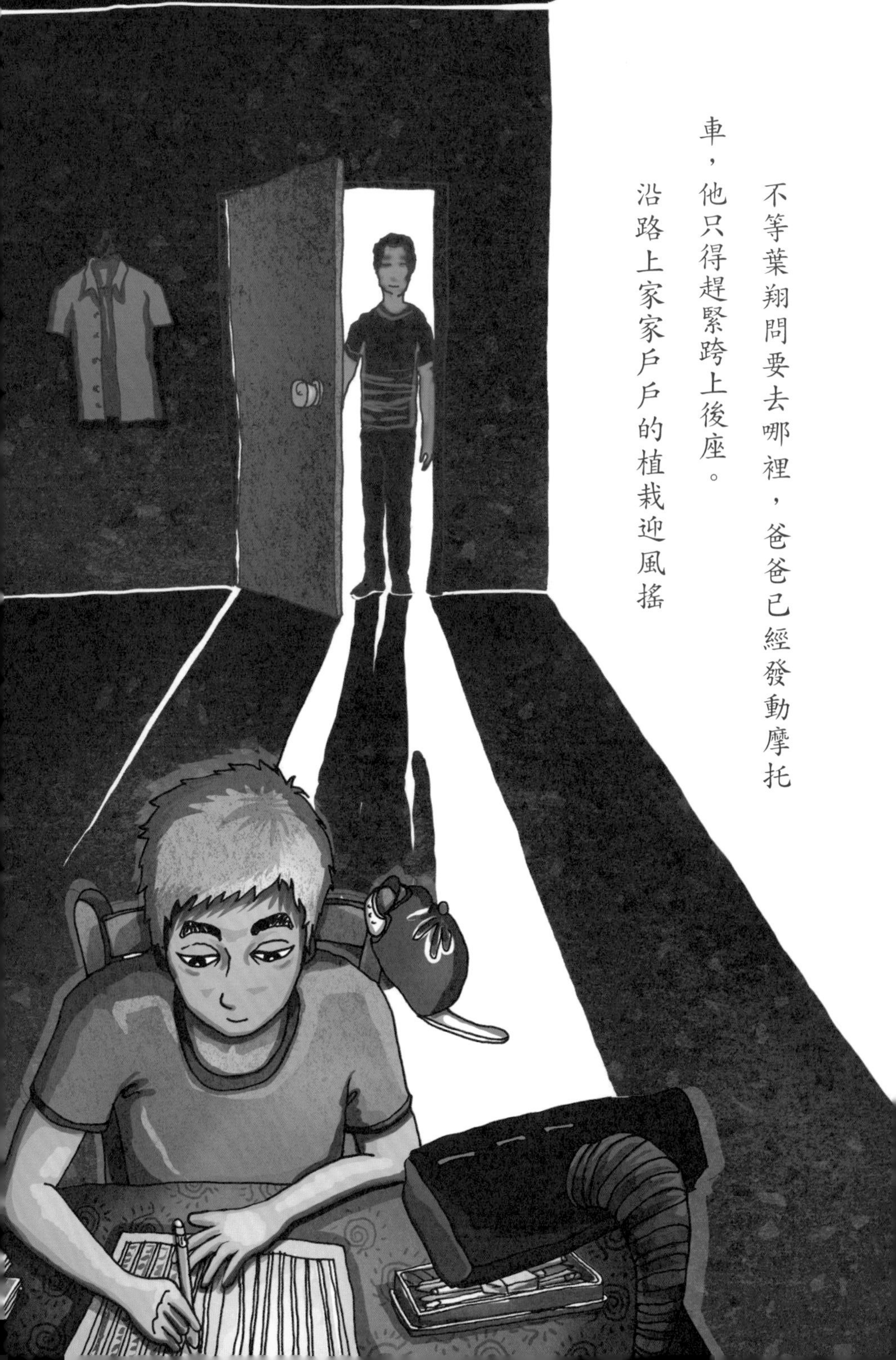

不等葉翔問要去哪裡，爸爸已經發動摩托車，他只得趕緊跨上後座。

沿路上家家戶戶的植栽迎風搖

曳，在紅燦燦的夕照下，也別有一番風情，玫瑰花益發嬌豔，海芋更顯白皙溫婉。

爸爸的機車，在一塊荒地旁停了下來。那一塊地灰褐褐的，地上幾處散落著草堆，看來是不久前才被割下來，整片地有種蓄勢待發的派頭。

葉翔不解的看著爸爸，他看出兒子心中的疑惑，說出令葉翔驚奇的答案。

「以後，這裡會種植屬於我們家的植栽。阿旺叔之前提過，他家有地可以免費借給我們，你還記得嗎？這就是那一塊地。日前我決定向他借來。我們一起來想想看，要種些什麼才好！」

葉翔從沒想過，他們會「擁有」什麼。他早已習慣，房子是租賃的，家具是房東留下來的，食衣住行所用的各種雜物，搬到下一個地方也不曾帶著。

「你說的是真的嗎？」

「是真的。賺來的錢，要拿來償還債務。這樣一來我們就不用老是為了躲債，常常搬家了！」

葉翔凝視著那片地，它座落在山腳下，右側左側都是樹林，和其他戶的耕地有好一段距離。那地遺世而獨立，如老人的皮膚充滿著皺褶，還有些大大小小的石頭凌亂的散布其間，連雜草都像是不願意生長在其上，寥寥可數，看來既蒼涼又荒蕪。

如果說這片土地能給他們生存的希望，顯然的現在完全看不出來。葉翔倒覺得把這塊地拿去出租，蓋個停車場，或許賺錢機會更

大。

爸爸臉上帶著一抹微笑，神情篤定，和他臉上的不安形成對比。

那天晚上，葉翔夢到那一片地。地上長出了好多植物，他完全無法叫出名字。有一株植物長得比他人還要高大，驀地，它從葉緣冒出尖尖的長牙齒，朝著他呲牙咧嘴，正準備撲向他。

這時葉翔驚醒，冒了一身冷汗，是他該去練習的時候了。練習完舞獅的地面動作，接下來要練習上梅花樁，作各種高難度的表演動作。由於特技舞獅危險度頗高，雖然精采絕倫，和地面獅表

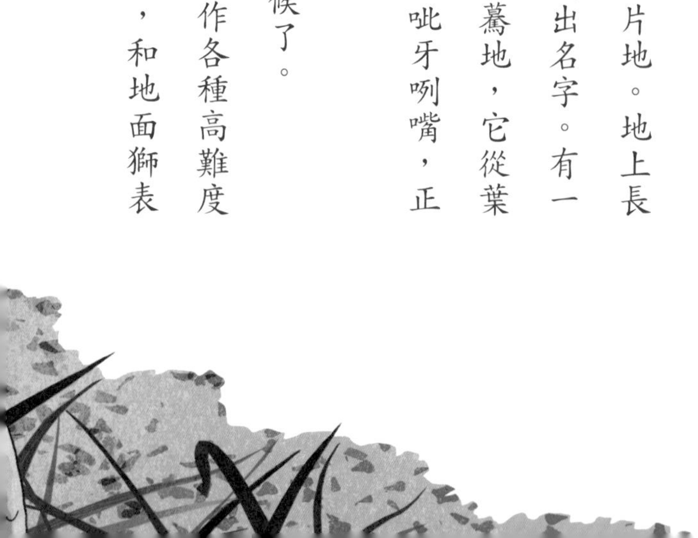

演起來，表演者得接受更高難度的訓練，才能飛躍在有高度的木樁上作特技表演。

體育館中央，有一個三公尺長的軟墊，有幾根木樁立在其上。每兩個木樁為一組，各組木樁高低不一。

大家正在木樁上練習躍步。張教練緊盯著每一組團員，稍有不慎，意外就會發生。

「葉翔，你今天上樁動作練得不好。待會所有人回去後，你留下來再加強。」

「是的，教練。」

教練發現葉翔失去平時學習迅捷的領悟力，像是已學會跑步的小孩，突然倒退回才剛學走路一樣，舞動動作十分笨拙，而那假的獅頭彷彿沉重無比，有千斤一般；他剛躍上木樁沒多久後，就墜落下來。經過數次還是如此。

「今天你該學會的都沒有做好，你是不是受傷了？」

「沒有，教練。真抱歉。」葉翔頭直冒汗，嘴唇發白。

「好吧！」教練嘆了口氣。「希望你明日恢復原來的水準。」

葉翔拖著沉重的步伐走回家。還好威宏沒看到這一幕，不然一定會猛問自己到底發生什麼事。最近練習時，他時常出差錯，不是教練指示的動作漏掉步驟，就是和威宏配合時，兩人像是各自作各自的表演，缺乏整體的默契。

之前練習時，他們總是能輕易比別組將新招式做好，可是現在情況恰好顛倒。葉翔陷入自己也無法解釋的低潮狀況。這種失常的情形不曾好轉，反而每況愈下。

隔日練習時，教練要求各組作獅頭躍上獅尾的大腿，並保持穩定的動作。當威宏將葉翔的腰抬起沒多久，葉翔才踩在威宏大腿上一會兒，突然從威宏腿上重重的摔下來。

所有人衝到葉翔身邊，張教練緊張的問：「葉翔，你還好嗎？」

一開始，教練的聲音非常模糊遙遠，直到好一會兒，他看見所有的人圍在身邊，他吐出一句「沒事」之後，又暈過去。

等葉翔醒過來，他人已躺在保健室的床上了。威宏緊張的神情轉變而成放心的微笑。

「你嚇死我們了！還好護士阿姨說你沒有什麼外傷，應該休息一下就好了。她要你留意，若有繼續頭暈的情形，有可能是腦震盪。難得我們能休息一下，教練叫我來陪你……。」

威宏滔滔不絕地說話，葉翔一句話卻也沒接腔。

「威宏，有一件事我想要對你說。我可能得退出比賽。」

「為什麼？」

「不知道為什麼，我最近只要一看到獅頭，腦筋先是空白，手腳就會無力。腦海中有一個聲音一直告訴我，比賽時我一定會失敗。」

威宏很驚訝，他第一次看到葉翔脆弱無助的神情，和平常練習自信滿滿、意氣風發的模樣，判若兩人。

「人難免都會有壓力的時候，可能再過一些時間，你就克服了緊張的問題。不要輕易放棄！」

「可是這種提不起勁的狀況，已經好一陣子了。」葉翔將頭深深的埋進兩手中，用痛苦的語氣吐出這一句話。

正當威宏還想說服葉翔時，葉翔突然說：「以前國小時，我曾參加過田徑隊。後來我自己退出了。」

「為什麼？」

「在隊上時，我的表現都很不錯，甚至比當時的田徑隊隊長還要出風頭。所以只要我練習一失誤，他總是對我冷嘲熱諷，甚至在大家面前嘲笑我。」

威宏點點頭，他有點明白葉翔的意思。張浩仍在練習時，不斷惡意用冷言冷語攻擊葉翔，但葉翔從來不回嘴也不發怒，原來是過去也曾經發生過類似的事。

「有一次在全市田徑比賽，我在短跑初賽時，竟意外地沒有拿到前三名，全隊的團體分數受到影響。隊長便對我說：『你只是平時厲害罷了，在正式比賽時，一點用也沒有！你成不了什麼大事！』我氣得揮拳過去，但被他躲過了，而糟糕的是，決賽時我竟然輸得很慘，徹徹底底的輸了！當我到跑終點時，教練凝望著我，我感覺他對我一定很失望！便退出田徑隊了。」葉翔激動的說，身體痛苦地抖動起來。

「你覺得那一句像是咒語一樣對不對？」

葉翔聽了威宏的比喻，點了點頭。

「我還是退出吧。」葉翔說。

威宏知道葉翔一旦說出這一番話，便不會輕易改變。但是，他深信葉翔絕對有能力，能作出色的舞獅表演。目前，得有人解開他的心結，而威宏還沒有這種能力。他必須得找一個能幫助葉翔，也幫助自己夢想成真的人。

威宏在隔天一早，站在張教練的辦公室外面，等著教練來。

中午，舞獅隊的一位成員告訴葉翔，午休時張教練請他去體育館一趟。葉翔很驚訝，教練不曾個別找過隊員，難道發生什麼事了嗎？

「葉翔，我聽威宏說，你想要退出比賽。」張教練一看到葉翔，劈頭便直接說出叫他來的緣由。

葉翔啞口，身體發熱，他沒想到威宏會去找教練，怒氣交雜著羞慚的感覺從體內湧現。

「每個傑出的運動選手，多多少少都會有遇到無法突破的瓶頸。你不用覺得太丟臉，我自己也曾有過這樣的時期。」

教練的話使葉翔愣住，他原本以為自己怯弱的想法，會被狠狠地斥責一番。

「舞獅是一種很奇妙的儀式，一般人在看舞獅表演，會以為是表演者在操控，是人決定舞獅的喜怒哀樂、或前或退。我倒覺得是舞獅操控了我，是它的意志決定我的意志，當獅頭想要表現高興時，我也不能擅自作出和它意志相反的表情。」

葉翔被教練的話搞迷糊了，舞獅擁有自己的意志？

教練指著預先擺放好的獅頭，示意葉翔將它拿起。「獅頭會給人力量，它會告訴你如何表演。待會我扮演獅尾，一起來上木樁練習。當你表演的時候，你腦海中只能有這個獅頭的形象。」

葉翔硬著頭皮照教練的話做。有一瞬間他覺得獅頭正在瞪著它，嘲弄他無法掌控獅頭。他的手又僵硬了。

教練按下音響的按鈕，鼓聲鼕鼕響起，他示意葉翔拿起獅頭，而自己則站在他後面扮演獅尾。教練指示他，先做三拜獅的動作。

和教練第一次搭配，使他很緊張，但教練表現得如同和他合作以久的夥伴，葉翔甚至多了一分安穩的感覺。獅頭拿在手上，也不再感覺沉甸甸的，變得輕盈許多。

「很好，接下來，我們上木樁，做採青的動作。」教練下指令。

「教練，我們只練了一兩次。」葉翔顫抖著說。

「我會一邊下指令，你跟著指令作就是了。」

所謂採青，指的是舞獅躍上木樁，表演前進動作之後，舞獅得彎腰咬住預先綁在木樁上的「青」，也就是紅包。舞獅彎腰動作，是獅尾抓緊獅頭，獅頭身體朝下，操縱獅嘴咬住青。傳統表演中，農家將青菜放置門前，等醒獅來咬取，以討吉利福氣。現在醒獅表演中都會安排採青的橋段，作為高潮，是具挑戰性的特技演出。

這是葉翔最畏懼的動作，之前他和威宏練習，當他一踩上威宏的大腿上時，霎時頭暈目眩，而當他們往前躍上木樁時，幾乎都會跌落下來。那幾次練習葉翔都沒有抓到訣竅，使他們看來像是準備逃亡、膽怯的獅子。

當時威宏安慰他，一定是他還不習慣高高在上的姿勢。葉翔心知肚明，當要作特技獅的動作時，只要一想到上樁，他就無法靈活動作，整個身體的關節都卡得緊緊的，再怎麼練也徒勞無功。

葉翔看著木樁，全身冷汗。音樂一放出，葉翔和教練動作，教練先要他表演探查前路的謹慎神情，再跳上木樁，作出前進動作，接下來獅身彎腰。

舞獅能給人力量，他深深呼吸一口氣，想像著威風凜凜的獅子，將記憶中那笨笨拙拙、上樁時重心不穩的窘相，驅逐出去。

有股能量聚集在他的腹部，葉翔一個跳躍，靈巧地躍上第一個樁，教練立刻跟進。接下來，葉翔的動作一氣呵成，毫無阻礙。當他彎曲身體時，完全信任教練的帶領，他停止幻想從木樁滑落下來墜地的恐懼。他操縱獅嘴完成咬住青的動作時，教練便要他停止。

教練稱讚他表現得很穩定，並要他持續練習。

葉翔氣喘吁吁走出體育館，他沒想到自己真的辦到了！雖然動作還並不熟練，但他至少克服了採青的恐懼。

葉翔打算晚餐後要繞到威宏家，謝謝他的「多管閒事」。

這一次克服恐懼的經歷後，葉翔的情況漸漸穩定下來，威宏簡直不敢相信，葉翔很快的恢復正常。

過沒幾天，他們這一組表現，是所有組之中最突出的，居於領先的地位，凡是教練教的動作，他們只要練個一兩次，就立刻能上手。沒多久，他和威宏越來越有默契，能靈活的騰躍木樁間，進而挑戰更高難度的表演動作。動作伶俐靈活，就連張浩要挑剔他們，都不容易。大家見狀，練習之餘紛紛向他們請教。

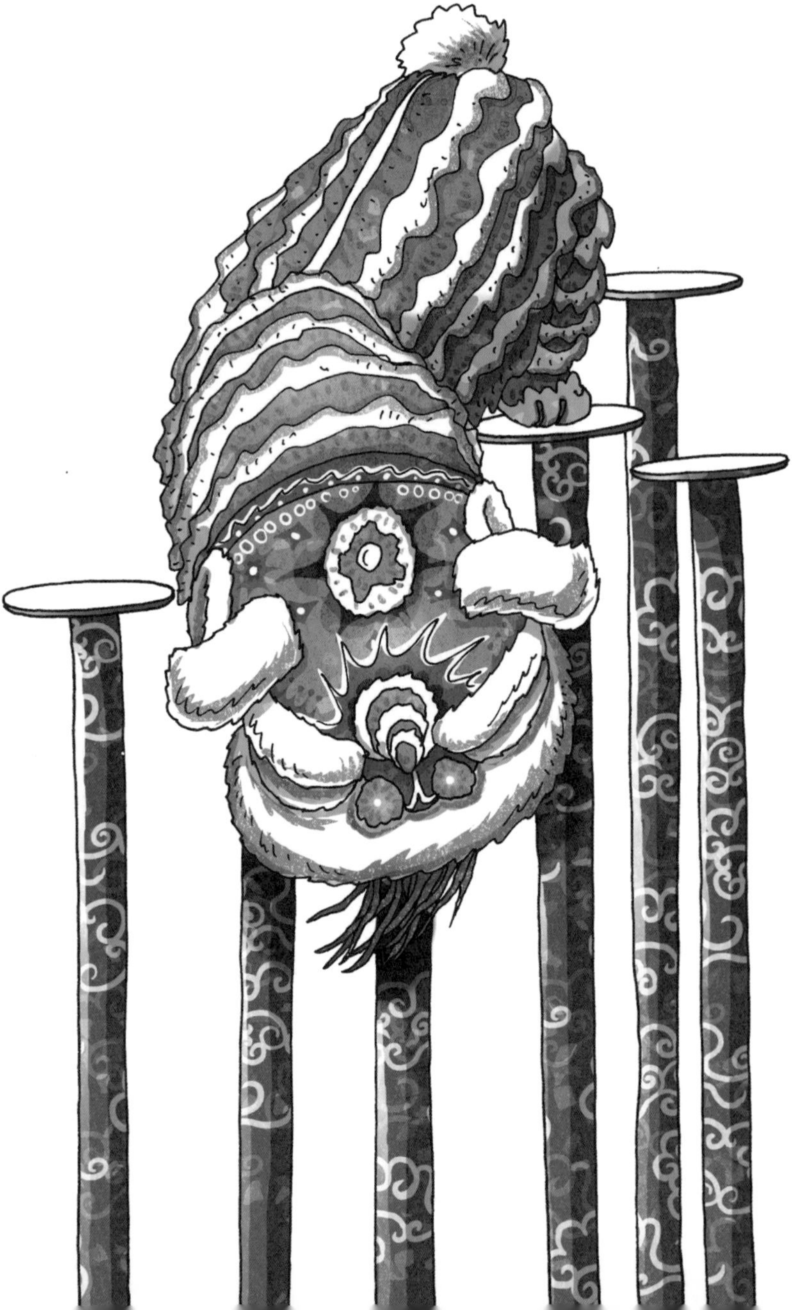

某天練習完後，輪到葉翔和威宏留下來打掃體育館。威宏那天感冒了，葉翔便要他先回家。打掃後，葉翔沒馬上回去。每天練習完，放回置物櫃前，他必定仔細地檢查，獅頭是否有因練習時而毀損，深怕有遺漏的地方。細心呵護之程度使得威宏笑他，獅頭簡直變成葉翔女友一樣。

亦婷今天較晚離開教室，刻意來到體育館找葉翔。她悄悄地繞到葉翔背後，故意要嚇他。

「嘿！沒想到我會來吧！你在做什麼？」

「我在檢查獅頭是否有因練習而毀損。」

亦婷坐在葉翔身邊，好奇的摸了摸獅頭。

「一開始你要參加舞獅隊，我還不太贊成。廟會中有很多舞獅表演，團員只是為了賺錢，套上兩三個固定的招式，馬馬虎虎的演出。但你們就很不一樣，感覺很專業呢！」

「我本來也是這麼想。一開始是因為威宏邀請我，我想反正沒事做，就來參賽了。但越練習就越對舞獅著迷，儘管扭傷、拉傷是家常便飯，回家睡覺時，痛到不得了，得冰敷才睡得著；還有，我常跑國術館，裡面的師父一看到我來，都知道我是誰了。」

亦婷發出了銀鈴般的笑聲，便問：「為什麼會你們的舞獅又叫醒獅呢？是表示平常它是睡獅，一上台時就醒了？」

「喔，這點教練有提過。舞獅分很多流派，而醒獅一派分布在中國佛山。它的由來其實有歷史淵源的。民國初年時廣東發生一件『五三慘案』，當時很多廣東大學生去遊行抗議，沒想到慘遭外國人槍擊射殺。這下引起公憤，因此當地人起來抗議，並喊出『無睡獅，瑞獅覺醒』的口號，表示廣東人已經覺醒；廣東話瑞與醒同音，獅團便改名叫醒獅了。」

「你真厲害！」

亦婷看著獅頭說：「啊，獅頭看起來好可愛啊，長長的睫毛，烏溜溜的眼球！和真實中的獅子，凶猛又殘暴的形象很不一樣呢！」

「它的各種情緒，是表演者要賦予它的，比如……」葉翔將獅頭套在身上，他操縱獅頭，先把獅眼閉上，再將獅嘴巴閉上，連續將獅嘴打開三次，獅頭漸漸往下傾斜，亦婷說：「我看懂了！它在打瞌睡！」

突然，葉翔做了一個翻滾的動作，動作逗趣十足。

「真有趣！它被嚇到而驚醒，對吧！」

「是的！」葉翔接下來又表演了幾個動作。亦婷看他表演的神情，充滿崇拜讚嘆，當他每做完一個段落時，亦婷立刻拍手鼓掌。

他好希望時間停留在此時此刻。亦婷凝視他的表情，葉翔牢牢地記在腦海裡。此後當他感到畏懼時，這表情將給他一股力量。

再過不久，即將要進行決賽。

4. 決賽時刻

威宏和葉翔正進行最後一次的練習，他們特意多留一會兒。這兩個禮拜以來，他們花了加倍的時間練習。體育館內，只有音響傳出的鼓聲，和兩人偶爾交談聲。

葉翔覺得鼓聲近日聽來，像是戰鼓一樣，加深他非贏不可的想法，使他盡全力預備每一個細節。兩個人不斷的互相挑出毛病，並逐一的修改，直到完美為止。

「威宏，我們今天就練到這裡吧！」

「剛剛上樁的動作，我們獅頭獅尾還是會偶爾發生各自行動的狀況，還是再練一會兒吧！」

「不行，已經到了我要煮晚餐的時間。我可不能讓我爸餓肚子呢！」

兩個人便將道具一一的收好。

威宏突然對葉翔說：「葉翔，我要謝謝你答應和我參加這個比賽。」

「這沒什麼。我國小參加很多體育比賽，也拿了不少獎。如果沒有你，那種拚全力要贏得勝利的感覺，再也找不回來了！」葉翔笑著說。

「昨天，學測考試結果公布，我哥哥已經考上醫學院。」

「醫學院？聽說很難考呢！你哥哥還挺厲害的。」

「就是因為他很厲害，讓我更想要贏得這次比賽的冠軍。」威宏這一番話，葉翔表情不解的看著他。

威宏繼續說：「你是獨子，很難體會從小到大，有一位手足時常被拿來比較的滋味。從以前到現在，我們都讀同一間學校，只要有老師發現我的哥哥是誰，都會稱讚他功課好、品行也很棒。我的表現沒有他這麼出色，也很習慣被拿來比較。只是有時候聽了還真不是滋味。」葉翔點頭表示贊同。

「可是，我哥很照顧我。他什麼東西都會讓給我，也不會找我吵架，還時常勸我要好好讀書。他功課好體能也好，在國中時，就和同班同學拿到醒獅競賽的冠軍，那時我才體會，他真正厲害的是自我要求的精神。所以，當醒獅競賽開放報名時，我想機會終於來了，我想證明我也能成功。」

聽完威宏的獨白，他終於明白威宏不曾喊苦喊累的原因。在練習過程中，威宏的體力和領悟力都比不上自己，但他總是認真的投入練習，教練對他的嚴格要求，他絕對會反覆演練。

長期練習一項技能，需要很大的意志力，葉翔在田徑隊時，已經很熟悉疲累的訓練生活；相較之下，其他組員就容易鬆懈偷懶，動作一旦熟練了，卻無意再練到更完美境界，因此他非常佩服威宏的毅力。很多時候，都是威宏要求延長練習時間，原來他還有不能輸的理由。

經過半年的練習，在農曆年春節中，鎮公所旁的小型露天劇場，將舉行比賽。

每一組演出隊伍就是演出人員，意味著將在大眾面前展現這段練習的結果。因此，大家都很珍惜難得的登台機會，儘管每一組只有短短五到六分鐘的演出，卻是凝聚練習多日的功力，從基礎動作到特技，每一個歷程都是用酸痛和磨練累積而成。能否贏得勝利，已不再是最主要目的，而是完成一場成功的演出。教練平時就這麼叮囑團員。

在比賽前夕，教練比平常更嚴格要求每個動作都要做到完美，使得每個人都不敢輕鬆懈怠。

「現在是比賽前兩週，我們將於這週六舉行預演。」教練在練習完後宣布。聽到這突如其來的消息，每個人都露出驚訝的神情。

「哇！馬上要見大家實力真章了！」威宏向站在身旁的葉翔耳語。

「往年並沒有預演，而直接進入比賽程序。今年我們的贊助者，也就是舉辦醒獅競賽的幕後推手，他想要在賽前看看你們。」

熱心又神祕的贊助者從來不公開露面。教練又說，贊助者會在正式比賽時，隱藏身分觀賽，這次意外的向教練表示，想在非比賽場合以外的地方，親自鼓勵參賽的選手，教練便安排這次的預演。

「總而言之，大家請將預演視為正式比賽，作最完美的演出。」

「是！」所有人聽到後，齊聲的回應。

「我還挺想見見這位贊助者。」葉翔對威宏說。

「喔，為什麼？」

「你不覺得，願意拿出自己的錢，免費訓練一批選手，只是為了觀賞一個舞獅比賽？他出錢的動機真令人疑惑。」

「說得也是。我哥參賽那一年是第三屆，現在到我們是第六屆了，至今都沒有人知道這位贊助者的真面目呢！為什麼今年他打破慣例呢？」

「或許預演那時就知道了。」

班上同學知道這件事後，紛紛來詢問是否能觀賞預演。尤其是亦婷和凌羽，不管威宏再怎麼解釋，醒獅競賽的預演，教練明令是團內的練習活動，不會開放讓外人觀看，兩個人像麻雀吱吱喳喳的吵著，要威宏、葉翔將她們兩人偷偷帶進去。

「拜託！體育館那麼大，我們兩個女生這麼瘦小，快幫我們想個法子溜進去！不然以後英語有不懂的地方來問我，我就故意假裝不會！」亦婷故意威脅。

「什麼！妳不能這麼做！」威宏發出哀嚎。

啟仁這時也過來湊合：「要進去體育館還不簡單？我有朋友，他的掃地區域就是那裡，我跟他借鑰匙不就得了？體育館二樓觀眾席有一個地方，很適合躲起來，還看得到舞台。」

「太好了！還是啟仁最有辦法！」亦婷和凌羽高興得歡呼。這時，一旁的明佑也過來湊一腳。威宏對葉翔兩手一擺，苦笑著說：「真拿他們沒輒！」

偷偷瞞著教練，或許不是好事，但一想到亦婷在場觀賞，他告訴自己千萬別失誤，不然可就糗大了。

「喂！你們三人快一點！」啟仁叫著明佑、凌羽、亦婷，他們走過教學大樓和體育館之間的通道。啟仁將借來的鑰匙一旋，悄悄地將厚重的玻璃門推開。他們躲在二樓一張乒乓球桌的後面。

「我們好像賊，偷偷摸摸的！啊，我看到葉翔和威宏在那兒！」亦婷興奮的說。

「噓！小聲一點。」啟仁向亦婷使了個眼色。

「好奇怪，他們不是要比舞獅嗎？那個老太婆是誰？」凌羽指著台上的人問。那位老婆婆頭髮蒼白，盤了個髮髻，一身中國傳統服飾，圓圓的臉龐堆著滿臉的笑意。她站在舞台中間，五組選手排成一排，在她面前立正站著。

選手們無不露出驚訝的神情，看著老婆婆，教練剛剛說神祕的贊助者就是她。

「真高興，每一年都有對舞獅熱情的孩子，一起來參與這個競賽。你們辛苦了，我要向你們致意。」選手們齊聲的喊：「謝謝張奶奶！」

「你們一定覺得奇怪，為何從不露面的我今年卻來了？原因是我的身體已經不如從前，我深怕明年就不能親自觀賞比賽了。或許有人已經猜出來，我是你們張教練的母親。」眾人發出驚嘆聲，難怪兩人的面貌如此神似。

張奶奶接著說：「舉辦這個比賽，其實和張教練少年時的故事有關。」張教練聽了臉微微變紅。「他在年輕時曾是網球國手。因為

過度練習，導致他手部韌帶受傷，某次比賽後，醫生宣布他不能再繼續打網球。因此，他變得自暴自棄，開始過著荒誕的日子。抽菸、喝酒、打架樣樣都來，我很難過他變得如此，卻無能為力。

「或許是上天聽到我這個母親的心願吧！我的哥哥，當時是醒獅團的團長，他的團員臨時受傷，少了一個人表演。他想起有位外甥體能還不錯，便邀請你們教練去醒獅團。一開始，本來只答應幫忙到那一季的所有表演結束，沒想到他卻練出興趣。他不再過著以往放蕩的日子，繼續練舞獅。為了感謝上天，我找了一些親朋好友，募集一些錢，發起醒獅競賽的活動。我希望舞獅美好的傳統精神，在年輕人身上延續下去。」

所有人聽了，無不感動。

「媽，我為你準備了一張椅子，張浩，帶奶奶過去坐著。」教練說。

「哇！沒想到張教練還有這麼一段過往呢！」躲在二樓的人聽聞，輕聲討論起來。

「真是不敢相信，他的人生轉變這麼大！」亦婷說。

「噓！安靜，他們要開始了。」啟仁示意大家。

教練先請大家前來抽籤，決定大家出場次序。威宏和葉翔在第四組。

第一組上場表演，他們從地面到木樁的表演動作，流暢靈活。第二組的表演，毫不遜色於前一組。

「他們表演得好棒，不像只有練半年。」明佑驚嘆連連。

「喔！快看，威宏和葉翔的表演開始了。」

隨著鼓聲的節奏，葉翔和威宏進入舞台中央。他們一出場，比別組多了一股英勇威武的氣勢。他們在地面的動作十分完美，緊接下來跳上木樁。

照這樣的情勢，應該能作出完美的演出。沒想到，大家發現，葉翔舞弄獅頭的動作越來越不流暢，而且和獅尾配合的角度並不協調，瞬間獅頭從葉翔手中掉落，所有人叫了起來。

突如其來的意外，使得葉翔和威宏一起從木樁上摔下，地上的軟墊，確保兩人都平安無事，但是表演只進行到一半。

張教練趕緊向前檢查，原來獅頭上控制的橫木，裂成兩段，其中一段的切口劃過葉翔的手腕，他的左手腕出現一條約五公分的傷口。額頭則因為被龐大的獅頭撞到，發生瘀青。威宏只受到驚嚇，並無大礙。

「快！拿急救箱過來。」教練趕緊下指令，張浩趕緊拿出急救箱，把葉翔扶到一旁。張奶奶也關心的走近前去，親切的問候葉翔，要張浩好好替他包紮。

「好端端的，獅頭裡面的橫木怎麼會斷掉？」教練生氣的問。威宏不待葉翔回答，搶著說：「教練，出場前我們就發現橫木怪怪的，葉翔還發現橫木似乎有被割

斷過再重新接起的痕跡。」

「怎麼可能？道具都放得好好的，不可能被弄壞。」

「我問葉翔要不要先告訴你，但是他說，不能讓張奶奶失望，所以只好姑且一試。葉翔在上樁前，用自己的力量撐住獅頭，但是我們一躍上木樁，橫木便斷掉了！」威宏一臉無奈。

現在葉翔的手受傷，就算威宏沒事，預演也必須繼續。教練只好宣布，葉翔這一組暫停，好讓第五組完成預演。葉翔和威宏臉色黯淡下來，兩人流露悲傷的神情。張奶奶鼓勵他們，等傷好了，正式比賽那天一定要好好表演。

張浩仔細的檢查獅頭上的橫木。他像是發現什麼重大線索，凝視著好一會兒，往舞台後方出去，沒有人注意到他。

躲在舞台後方的四個人，為葉翔的傷勢感到著急。亦婷急切的說：「我們下去看看，葉翔是否完全平安無事！他會不會頭也受傷了？」

「妳冷靜一點，我們看教練會如何處理這件事。現在出去，只會挨罵，搞不好還會連累葉翔和威宏。」啟仁試著安撫亦婷。

「可是……我好擔心他。」亦婷因為過度緊張，手肘重重壓在乒乓球桌上，使得球桌倒了下來，發出巨大的撞擊聲。當桌子倒下後，他們看到一樓的教練和選手正看著他們。

「教練，有外人進來，搞不好就是他們破壞獅頭。」一個人指著他們這麼說。

四個人只得無奈的從二樓下來。

「很抱歉，我們並不是故意要偷偷進來的，只不過我們太想看葉翔和威宏演出。」凌羽紅著臉解釋。現在四個人尷尬的站在教練前面，向他澄清只是為了看他們而躲在二樓。

「教練，搞不好他們在說謊。」說話的是立恩，也是剛剛指出他們的人。

「我們才沒有。」四人前後搶著爭辯。教練要立恩停止和四人爭吵下去，以嚴肅的口吻問：「現在，這裡發生很嚴重的事情。誠實告訴我，你們曾破壞這裡的任何東西嗎？比如演出的道具。」

「沒有。」四人異口同聲的說。

「我相信你們。請你們離開吧！」

四人無奈的從活動中心離開。亦婷頻頻往回頭看，她看到葉翔，汗水從他額頭冒下來，手上的繃帶包紮好了，他閉著眼睛，坐在椅子上，威宏陪在他身邊。他整個人看起來很不舒服，亦婷以為是他摔下來身體哪裡摔疼了，但她不知道，葉翔難過的是無法完整演出。

「現在，我已先請贊助者離開。四組人都表演得很好。但遺憾的是，葉翔和威宏無法完整演出，因為他們的獅頭遭到破壞。發生這種事，實在很糟糕，我非常難過，這應該是團內的人所為，除非有人承認，否則我們就不解散。」教練沉重的對眾人說。

所有的人非常錯愕，面面相覷，不知該如何是好。

根據張浩檢查的結果，葉翔的獅頭明顯是被人破壞的。橫木在預演前，被割成兩半，再用黏膠黏合。破壞的人有一雙巧手，能夠把橫木平整的切開，而且還算準了黏膠只能發揮暫時的功能，操作這個獅頭時，橫木很快的就會因為獅頭本身重量而裂開。葉翔和威宏，應該沒有理由破壞自己登台的機會，那凶手究竟是誰？

體育館內，十幾個人靜靜的坐在地上，氣氛悶得令人喘不過氣來。過了半小時，葉翔主動對教練說：「教練，沒有人願意承認，那就算了。先讓大家解散吧。」教練聽了，低頭不語。選手們做出彼此傷害的事，讓他非常難過而且自責。

葉翔又說：「我會請張浩替我把獅頭拿去維修。反正，我們還是能上台比賽吧？」教練點點頭。他不得不先解散所有人。在解散前教練語重心長的告訴所有選手，希望凶手私下向他承認，也要跟葉翔和威宏道歉。

「今天運氣真不好。」威宏和葉翔兩人在大家離開後，一起作伴回家。

「是啊！」葉翔無力的應答。

「葉翔，我猜，破壞橫木的人，有沒有可能是張浩？他平常對你都凶巴巴的，沒事挑剔你的動作，找你麻煩，他的嫌疑最大。」威宏以堅定的口吻說。

「不可能。張浩對我的挑剔，都是針對我的演出動作。我看得出來，他對舞獅懷有極為尊敬的心，對他而言，我們只是不夠資格表演舞獅罷了。所以，他不會是破壞獅頭的人。」

威宏聽了很失望，喃喃自語道：「如果凶手不承認，根本找不到！」

葉翔不再說些什麼。儘管獅頭是被人所破壞，他把比賽失利當作宿命一樣看待，也許，成功和順利，永遠無法降臨到他身上。他覺得命運之神很無情，只能任憑祂擺布。

預演完的隔週週一，葉翔和威宏在下課時，便被張浩找去。兩個人跟著他回到體育館，平時練習的地方，一個人背對著他們站在裡面。

「葉翔、威宏，立恩要向你們道歉。破壞獅頭的人是他。」張浩同時把立恩推到兩人前面，立恩深深的對他們鞠躬。

「對不起，破壞的人是我。我會負責把你們的道具維修到最好的地步。」

立恩充滿歉意。

葉翔和威宏都不敢置信。立恩平時對團員都很和善，而身為張浩的夥伴，他的能力優秀之程度，自然不在話下，他為何要做出這種事呢？

威宏一手揪住立恩的衣領，他憤怒得想要揍下去。「你看你做了什麼好事！葉翔還好只是擦傷而已，後果可能是更不堪設想的！」葉翔上前阻止威宏，要威宏冷靜下來。

張浩說：「請你們原諒他。一開始，我看到橫木上的割痕，就知道是立恩。他的父親是裝潢師傅，立恩也跟著爸爸學到一些木工技巧。以前，我們演出時，他是負責維修道具的人。他曾只花半天的時間，就把一個被重物壓壞的獅頭維修好。我告訴他，不能傷害自己的同伴，他才願意說實話。請你們原諒他。」

葉翔表情凝重，他不知能說什麼。

他緊握拳頭，高舉右手，張浩和威宏都以為葉翔為了發洩怒氣，會將立恩打得鼻青臉腫。葉翔一出拳，立恩並不閃躲；那拳迅速揮下，立恩閉上眼睛，但是，那拳頭只是輕點立恩的額頭一下後，隨即放下。

葉翔低聲的說：「立恩，我願意原諒你。」

立恩聽了，露出不敢相信的眼神。威宏很疑惑，他忿忿的說：「不需要原諒這種人！」

「請你對我說實話，為何你要破壞我們的預演？」

立恩的眼神變得陰沉，轉變成他們所不認識的人一樣。他哀傷的說：「你的光芒太耀眼了，讓人受不了。」

「什麼意思？」

「從以前到現在，我跟張浩都會來協助醒獅競賽的選手練習。只有你，贏得教練的讚美。在我們來之前，教練曾經私下對我們說，隊上有個天賦很優秀的人。教練不輕易稱讚人的，而跟在他身邊學習舞獅多年的我，也不曾被這麼讚許過。每次你們在練習時，他看你的眼神，都充滿喜悅。當然，他不會在大家面前表現對你的偏愛，但是我和張浩知道。」立恩聲音轉為憤怒：「你為什麼要來參加比賽呢？我多希望沒有你的存在！」

「夠了！別再說了。我們待會馬上去找教練。立恩會受到他應得的處分，還你們公道。」張浩帶走了立恩。他對自己的同伴做出這種事，自然也很難過。事發之後，他私下質問立恩很久，甚至威脅不再和他作演出夥伴，立恩才願意坦承。沒有人該受到不公平的待遇，張浩作出了他的決定。

儘管，他自己也很忌妒葉翔。立恩的心聲，其實也同時是他的心情。

葉翔回到家中後，躺在床上翻來覆去，腦海中卻忘不了立恩的表情。向來，他認為表演不過是個人的事，教練經常在大家面前讚美他，領悟力很快，表演得栩栩如生，他也不因此特別驕傲，只是純然享受舞獅的樂趣。沒想到他的存在，會給另一個人威脅感！

葉翔滿腹苦水，不知能找誰傾訴。他心想……要不要將這件事告訴爸爸呢？

傍晚時分，阿旺叔來到家中，跟爸爸在討論那塊地的事。他躡手躡腳靠近客廳，想偷聽他們的談話，沒想到爸爸瞥見了他，便說：

「葉翔，你過來，我有家中的事要跟你說。」

葉翔靦腆的走進客廳。他發覺氣氛不太對勁。爸爸和阿旺叔似乎陷入僵局中。

「發生什麼事了？」

「我建議你爸爸，那塊地可以種水生植物，只要你爸爸去採集較稀有的水生植物，花時間栽培，就能開創獨創性的植栽。這種植栽和你們競爭的人很少，一定有利可圖。你爸爸本來同意，現在又想停止。」

「阿旺，我曾試著去採集，也找了一些品種稀少的水生植物進行栽培，但蒐集植物便花去我許多時間，我每個月還得還錢，那些時間可以讓我多兼好幾個差賺錢，現在這樣做行不通啊！況且，養水生植物設備的錢還得想辦法籌備呢！」

原來，兩人正爭辯那塊地該如何利用，看來爸爸如果想做水生植物的植栽，家中收入勢必會減少。這是個很大的冒險，沒有人保證在多久之內會看到預期的效果。

葉翔想到那一塊地，黃褐褐的一片焦土，怎麼樣也無法和鮮嫩翠綠的水生植物連結起來。他記得亦婷說過，每一塊土地會告訴栽培的人，這裡適合種什麼；他自己也不知道這塊土適合什麼，但他的想法和爸爸一樣，水生植物絕對不是那塊地最好的選擇。

阿旺叔嘆氣道：「唉！萬一你真的想種別的植栽再告訴我。對了，葉翔，新春的舞獅比賽好好加油！」阿旺叔便揮手道別。

「舞獅比賽？什麼時候？」

「爸，我看你那麼忙，所以還沒跟你說。」葉翔怯怯的回答，告訴爸爸新春時會舉行正式的舞獅比賽。葉翔心想，為了不增加爸爸的困擾，今天的事還是別提了。

「原來如此！你好好表現！」爸爸露出笑容。

到晚餐時間，葉翔準備去煮飯。他看一看冰箱，轉頭爸爸說：「爸！你得再給我些菜錢。家裡都沒有肉了，只有好多鄰居送來的青菜，看來我們今晚得吃素了！」

「錢不夠了？我去拿些給你。」爸爸為了水生植物，這陣子忙到焦頭爛額，沒想到重要的民生大事都忘了。他對葉翔說：「你別煮了！光吃菜是不夠的，你拿這些錢，去外面包便當吧！」

葉翔拿著錢，騎上腳踏車到商店街去。爸爸瞥見桌上的青菜，便把它們冰進冰箱。時常，附近鄰居會刻意繞到這裡，在他們屋前的竹竿，掛上青蔥或幾把蔬菜，也不求回報。

「多虧有這些好鄰居，時常送我們青菜，多少減輕我的負擔呢！」爸爸用著感恩的心，一一收拾這些蔬菜，突然一個意念進入他的腦海，「對啊！我為何不這麼做呢？應該行得通才是。」他喃喃自語，像是發現新亮光，指引前方的道路。

爸爸作好選擇，他知道那塊地能種些什麼了。

「種植栽會很困難嗎？」葉翔來到學校，將昨晚家中發生的事告訴威宏。

「你沒有聽說過『十年樹木，百年樹人』這句成語嗎？栽培每一種植物，都要花上很長的時間，不是短時間內就可以看到成果；而且，每一種植物從發芽到開花結果，都是一門學問，你爸完全沒經驗，恐怕要花很多時間摸索呢！」

威宏如數家珍般，開始告訴他班上每一位同學家中所種的植栽：亦婷家種的是外銷日本的菊花，凌羽家種植的是玫瑰花，據說還培育出食用玫瑰，明佑家則是種果樹，啟仁家培育數種市價高昂的蘭花。

「威宏，那你家種什麼？」

「我家不種植栽，而是製作肥料。有人種植物，也得有人造肥料，不然怎麼會有美麗的花、碩大的果實呢？」

葉翔發現，每個人的個性似乎和家中植栽都有一點關聯性，而威宏在團體中，不是最優秀出色的人，但他總是對周遭的人最友善熱心；如果沒有他的陪伴，葉翔不知道還會當獨行俠多久。

對葉翔來說，威宏是他在這裡生根茁壯的滋養。

隨著學期末的到來，緊張的月考終於過去了。每次一考完試，功課最好的啟仁往往搶著找老師對答案，他還會登記下每一科每位同學的分數，有些人在老師公布完成績後迷糊忘記自己分數的，往往都會找啟仁詢問。今天最後一科英語發下考試卷，啟仁搶先小老師亦婷，拿到全班試卷，立即登記下每個人的成績。「威宏，五十五分，凌羽九十分，我九十一分。咦！這真的是葉翔的考卷嗎？」

「怎麼了？看完了就拿給我，我還不知道自己的分數呢！咦！這是葉翔的試卷嗎？真令人不敢相信。他英語月考從沒考過及格分數。」亦婷驚訝的說。

那上面的分數是七十二分。啟仁搖搖頭：「不可能！前兩次段考他都還不及格呢？會不會是作弊呢？」

「我來直接問他。」亦婷轉身問葉翔：「你考了七十二分！」葉翔臉上露出驚喜的表情說：「老師威脅我再不及格，她下學期要我天天留下來惡補，我嚇得連續考前一個禮拜都抱著英語課本猛讀呢！太好了。」

亦婷和啟仁兩人討論結果是，英語考試全部採用選擇題，因此，葉翔較不擅長的翻譯、簡答並沒有出題，讓他分數突飛猛進。

「不過，他真的有努力讀書。你看我把這三次月考的成績登記排列出來的結果。」啟仁拿出自己的資料夾給亦婷，亦婷驚訝的說：「哇！他的平均從四十幾進步到都及格，真的很厲害耶！」

亦婷不由得佩服葉翔。他原本只是想要做個隱形人，卻渴望擁有新的生活，對自己又不是那麼有把握，但他真的做到了！

她為他感到由衷的高興，這個班級成為他的新起點之一。

葉翔看到亦婷轉頭對他微微笑。他不知道為何亦婷笑得如此甜美，不禁臉紅了。只是他很快又將注意力放在自己的腦海中。他正反覆回想演出的每一個動作、音樂的行進。

威宏也是一樣，他會敲身邊的任何一樣東西，進行表演動作的回想。有次上課，他不小心敲桌子敲得太大聲，被班導師罵不專心，那節奏只有葉翔聽得出來：那是低獅動作加上高獅，以及三拋獅的節奏。

醒獅競賽，是田尾鄉農曆新年的大事。所有的鄉民，都會攜家帶眷前來觀賞。這個傳統舞藝融合高度娛樂性，再加上行之有年，而張教練辛勤指導的高水準，也是大家引頸期盼的。

三年九班的同學和導師，幾乎都到場了，他們前來為威宏和葉翔加油。

首先，張奶奶請職業醒獅團作一個開場，當然，身為正式團員的張浩和立恩，就是出場人員之一。

「他們跳得真好！」在舞台後方的威宏和葉翔，已經著裝完畢，正在等候出場。「嗯！張浩和立恩從小練到大，功力果然不是蓋的！」葉翔同意的點頭。

「不能說洩氣的話。」一位男子走過來，搭住威宏的肩膀。「威宏！好好表演，不然老哥不會原諒你！」

「我當然不會輸的！葉翔，這位是我哥。」葉翔看著這位比威宏高出一個人頭的大男孩，黝黑的臉龐上有著和威宏相似的特徵。他不禁羨慕起威宏，能擁有手足是多棒的事。

「你們的表演我會仔細看的，不要馬虎！別忘了我也參加過比賽。」威宏的大哥說。兩人齊聲的回應：「是！」

葉翔偷溜到舞台左方入口，觀眾席將小小的半圓型廣場擠得水洩不通，但他一眼就看到同學們。亦婷號召大家，穿上紅色衣服，因此，他一眼就看到舞台正下方的同學，穿著充滿朝氣的紅色上衣，令葉翔好開心。亦婷正在聚精會神的看比賽，他們還打算比完賽替葉翔、威宏舉行「慶功宴」。她認為威宏和葉翔一定會得冠軍。

評審席在舞台前方中央，是幾位體魄壯碩的男子，眉目炯炯有神，而教練和張奶奶則在觀眾席。這場比賽的評審請到專業舞獅團團長來評分，最具公平性。比賽的計分，以作出難度動作的多寡、演出流暢度為主，若有失誤動作，將會扣分。

到第二組表演時，這組組員卻不幸發生失誤。他們在採青時，將採的青弄掉在地上，還好只扣了些微的分數。這失誤往往會無形影響接下來表演的人員，一場完美的特技獅表演，最怕的就是失誤，尤其是表演高難度動作。表演的前三組動作都只有兩、三個難度的動作，大部分將表演放在地面獅的動作上。

「加油！千萬不能失誤。」葉翔和威宏彼此打氣。他們總共會有五個高難度動作，是所有組別之中最多的，但這也意味著他們的表演得冒危險——難度越高，自然失誤可能會愈多。

威宏和葉翔穿著黑色緞布的表演服裝，腰間繫上大紅色的腰帶，瀟灑帥氣。葉翔拿起白色的獅頭，那獅頭在比賽前夕，已重新整理過，白色的流蘇毛剛剛換新的，他輕輕用手梳理著，並默禱順利演出。

鑼聲響起出場的節奏。葉翔和威宏在鑼鼓喧響中，威風凜凜的現身。舞台中央的木樁，高高低低不一的變化，猶如是獅子戲耍的路徑。他們要表演獅子翻山越嶺而過，最後採繫在木樁上的青，並按原路徑回來，完成表演。

葉翔和威宏賣力的演出，博得滿堂喝采。那一出場的氣勢，極為活靈活現。首先，舞獅表現勘查路徑的狀況，極為小心翼翼，接下來躍上木樁，在木樁上表現戲耍的動作，其中包含喜、怒、哀、樂、驚、懼的動作設計。獅頭和獅尾的細節動作，就是要模擬獅子的動作表情。

他們在地面上的動作並沒有太多，威宏抬起葉翔的腰，葉翔漂亮的站立在木樁上。接下來幾個翻躍木樁的動作，動作輕盈，彷彿獅子在追著蝴蝶玩耍。姿態時低時高。當葉翔高高被抬起的時候，飛快的躍過三組木樁，全場觀眾拍手叫好。

獅尾將獅頭朝下拋出，在木樁上看來獅頭像是要墜地的姿勢，維持這個姿勢之後，在木樁上來回跳躍。這個動作看得全場血脈賁張，驚聲高呼連連。接下來更高的木樁上，又做出這個獅頭往下拋動作，難度更高，全場又響起熱烈掌聲。

此時，葉翔暗暗擔心起來，他們的新衣服所帶來的困擾。好幾次上腿的動作，因為是新鞋的緣故，他有幾次感覺快滑下來，再加上他們的表演服裝有些裝飾是光滑的緞面，他的動作變

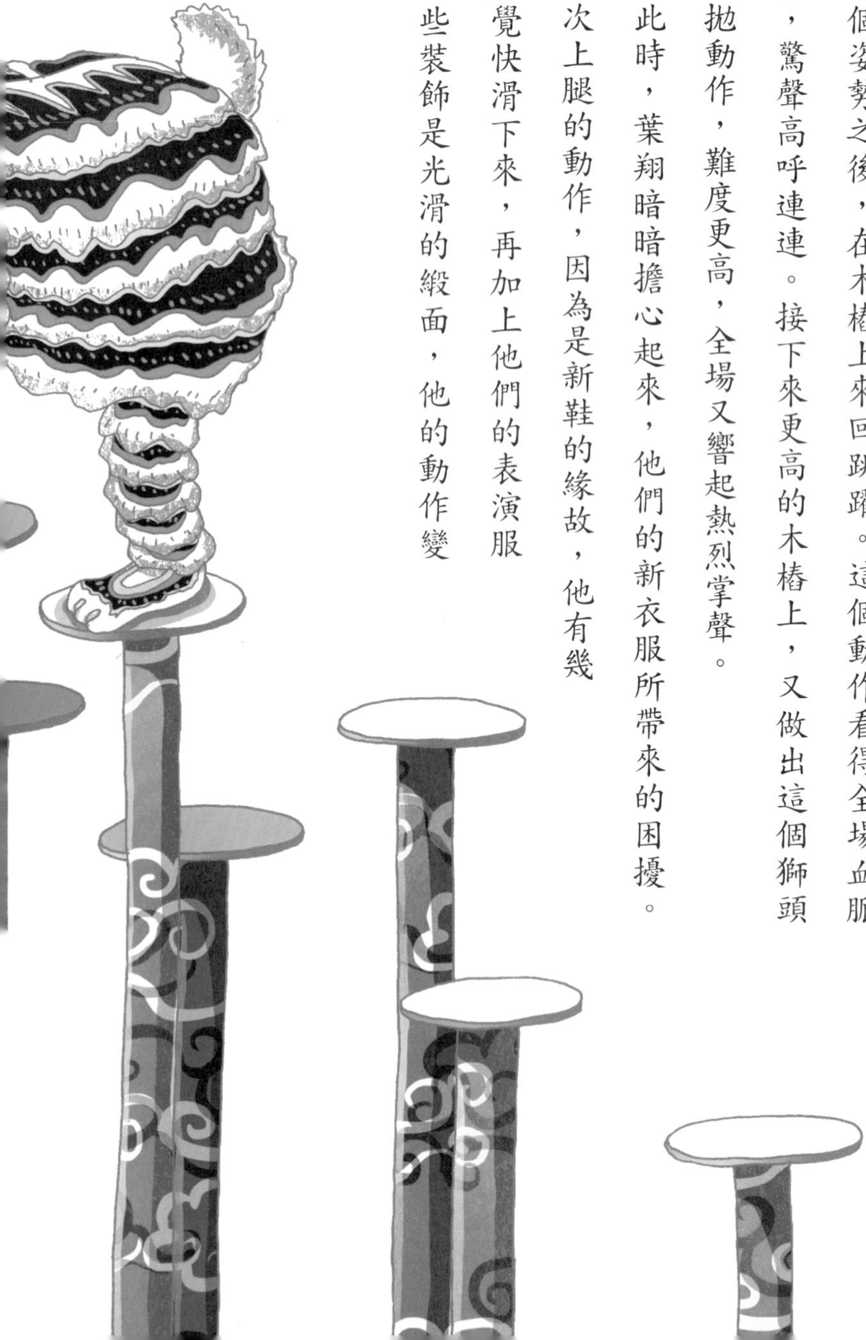

得很容易因此造成滑倒；威宏也覺得不太對勁，只能使出比平常更大的力氣將葉翔抬起。

舞獅在躍上最高的木樁之後，得轉身回來，然而跳回第二組木樁，獅尾將獅頭往前拋往第三個木樁，卻因為力氣過大，

葉翔差點無法站穩。他踩在木樁上還不到一秒，便「砰」的一聲，從和一個成人差不多高的木樁掉下來。

觀眾席當中，有人發出尖叫，接下來是無止盡的惋惜聲。葉翔冒了一身冷汗，但是就算失誤，表演也得完成。他趕緊翻爬上木樁，和威宏以眼神交流後，鎮定的完成演出。

「好可惜喔！他們會不會被扣很多分數？」凌羽問身邊的亦婷。

亦婷一臉失望的回答：「希望不會！」

比賽完畢，葉翔和威宏脫下身上的舞獅裝扮，氣喘吁吁，汗水淋漓，他們的汗不斷的從額頭冒出，全身痠痛。葉翔跌下來時，膝蓋還受了傷。

當評審公布分數時，他們的分數比最高分的那一組，多扣了零點五分，葉翔和威宏難掩失望的神情。九班同學也替他們感到可惜。

這時主持人出場。本來，他只負責串場，卻把葉翔和威宏叫來，親自訪問他們一會兒。「剛剛評審說，你們的表演完成了最多難度的動作，我們全場再給他們熱烈的掌聲！真漂亮！目前還沒有其他組能做出彎腰採青的動作，真不敢相信你們都只練半年！」

「你剛剛跌下來受傷了嗎？」主持人問葉翔。

「有，膝蓋瘀青了。」

「受傷了還是把表演完成！你真不簡單哪！我們再次為他們鼓掌！」

全場湧起如潮水般的掌聲，那掌聲持續好一會兒，彷彿不想停歇，全場都為他們加油打氣。

儘管失誤發生，他們魅力四射的表演，贏得觀眾的心，最高分的那一組也比不上他們。那掌聲，將葉翔和威宏心中失落的遺憾，給彌補了回來。

5. 心的方向

昨天的比賽結束，葉翔被亦婷和威宏拉著到處去遊玩。歡樂的年貨大街，觀光客湧入田尾鄉，花兒們也精神抖擻迎接遊客的到來。葉翔暫時忘記比賽失利的痛苦。

威宏倒是像是沒有發生過什麼事一樣，當天晚上還嘻嘻哈哈地來找葉翔，將亦婷和凌羽拍攝的表演照片給葉翔，還興奮的告訴葉翔，竟然有一群女生在比賽完之後來找威宏，說她們已成了葉翔和威宏的「粉絲」。

葉翔比賽之後，就跟著爸爸回家。葉翔隨便吃完了午餐，倒頭就睡，他用棉被蓋住頭，蜷曲在被窩中。他想在睡夢中，忘記比賽輸掉冠軍的難過，儘管第二名聽起來也很不錯，但葉翔強烈的好勝心，使他非常不甘心。

爸爸知道，葉翔得學會面對挫敗。他想到一個好法子。

傍晚時，他將葉翔帶出家門外。葉翔還是一臉失意，連要去哪裡也沒有問。

「葉翔，我們的地，有新的成果。」爸爸騎著機車，高興的對後座的葉翔說。葉翔低著頭想，上一次看到那片荒地，也不過兩個月以前的事，爸爸不曾跟他提種植栽的事，也沒有求他去幫忙整理耕地，而葉翔因為忙於練習之事，連假日都在體育館練習，也沒注意到，爸爸假日也是一大早就出門。

機車停住，葉翔抬起頭，一片綠意綿延至盡頭，在傍晚的夕陽照耀下，那濃密的綠、鮮嫩的綠和天邊的紅形成強烈對比，一種豐收的喜悅，呈現在爸爸的笑意中。

「爸爸！你種了青菜？」

「是啊！」爸爸得意的說。「植栽，不一定馬上賣得出去，但是，青菜就不一樣了。」爸爸蹲低，將看到的被蟲蛀掉的茼蒿葉，順手摘起來丟掉。「人每天都要吃菜的，我已經有一批收成，賣給鎮上的居民，大家很捧場，第一批立刻賣光光。你現在看到的，有的已經收成，再種下種子、發芽了。」

「太令人吃驚了！」

「對了，爸爸，那裡有一小塊地用鐵絲網圍起來，那是什麼呢？」

「是我們未來的『祕密武器』！」葉爸爸領著葉翔進到裡頭，裡面是仙人掌。

葉爸爸說：「其實，這一塊地，我打算未來栽種仙人掌。你說得沒錯，每一塊地會告訴人適合種什麼作物。這裡離水源有段距離，但是日照非常充足。我找了許多資料，發現種仙人掌，是再適合也不過了！」

葉翔又驚又喜。仙人掌是媽媽最喜歡的植栽。以前，媽媽很喜愛栽種仙人掌盆栽。他不明白仙人掌一身的刺，為何能吸引媽

媽；媽媽總是告訴他，仙人掌是上天特別的創意發明，祂藉此告訴人們，就算是微小的植物，也能展現驚人的生命力。

全世界的仙人掌，分布在溫帶或熱帶的沙漠乾燥區域，或是高山水分稀少的地方，而這些都是惡劣貧瘠的生長環境，使得它們各自發展出獨特的外型及特性。

這兒種了數種類的仙人掌，有頂著皇冠造型的英冠玉、充滿曲線美的劍戀玉、刺像毛刷的金晃丸。一根根的刺，像是捍衛戰士手上的武器，守護植株的安全。仙人掌的刺和外型，擁有不同的特徵，顏色與外觀有多樣面貌，使每株仙人掌呈現不同的質感和個性。

「爸爸，你會不會擔心種仙人掌一段時間後，又失敗了？」

「當然會。不過，我不認為所有的事情沒有達成目的，就是失敗；只能說，我們現階段還無法把成功的各種條件，做到最完美的地步。」

葉翔雖然不太懂爸爸的話，在他的世界裡，所有的事情結果不是輸就是贏。然而，爸爸找到種植栽的方向，令人感到心安定了下來，不再茫然。

他似乎看見，未來這裡會變成一大片的仙人掌樂園。

亦婷約了大家去一個「祕密基地」玩耍。他們一行人騎著腳踏車，沿著彎彎曲曲的山路，來到一個樹林邊。再往前騎，便豁然開朗。

沁涼晶澈的溪水，六人迫不及待的脫下鞋子，捲起褲管，在溪水裡盡情的玩水嬉戲。亦婷故意朝凌羽潑水，凌羽不甘示弱的回潑過去，波及到明佑，明佑揮舞雙手，朝四面潑水，大家紛紛加入潑水大戰，不亦樂乎！

在這個時刻，葉翔全然忘記比賽失意的痛苦，如果沒有這些朋友，他

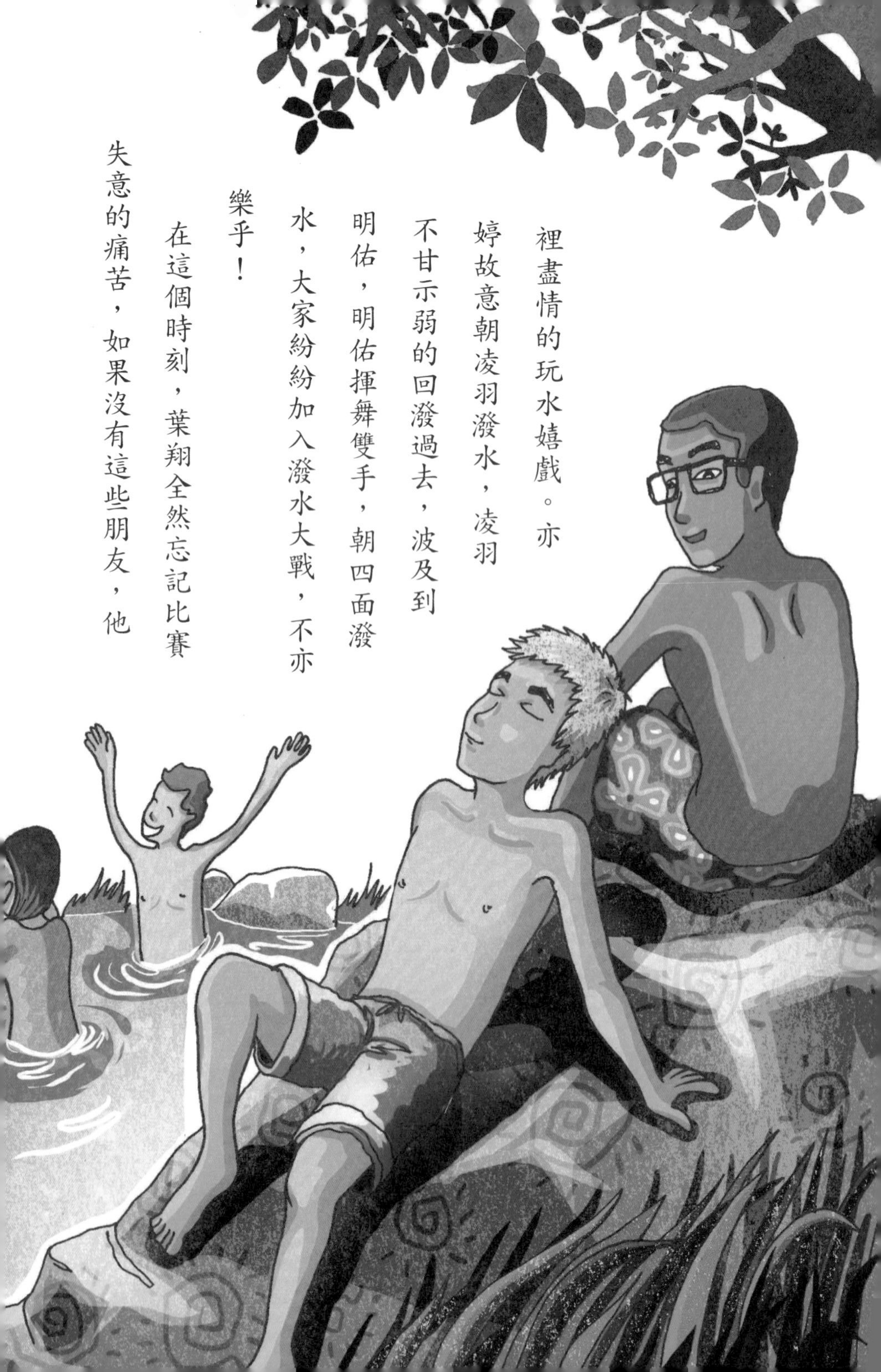

一定還因比賽失敗，難過得悶在家裡。

葉翔坐在岸邊的石頭上休息，享受和煦的太陽光照射在身上。威宏過來挨近他身邊。

「你以後要做什麼？」威宏問。「我們再過半年就要畢業，很快的就要決定未來的方向。」

「這麼快？我練醒獅競賽練得都忘記這個問題了。」

兩個人笑了起來。比賽前，他們約定好不管結果是什麼，都要欣然接受；但葉翔和威宏是大家公認最有希望奪下冠軍的一組，而葉翔也有全然的自信。因此，另一組拿到他夢寐以求的獎盃時，心裡真不是滋味。他只能將失意

深藏在心內。

比賽完後，葉翔幾乎不太出門。威宏看出他的心事，便每天約葉翔出去打籃球，他知道葉翔的失落比他多很多。一開始葉翔顯得意興闌珊，但在威宏半強迫之下，在打球同時漸漸忘記比賽的傷痛，恢復心情。

比賽過了一週後，他股起勇氣，把威宏拿來的比賽照片，放入相框，擺在書桌上，時常凝望著。雖然比賽沒有留下獎盃，但至少還有同心合作、揮灑汗水的美好回憶。

「亦婷說，她想要作一名甜點師傅，而啟仁想要考軍校，凌羽則是要讀高中；明佑還沒作決定，我自己也還沒想好。」威宏說。

「我想要進有體育校隊的學校去。」葉翔以堅定的口吻說。

「原來你早就想好了？」

「雖然，醒獅競賽失敗了，但沒有這一次的比賽，我想我早已徹底忘記鍛鍊體能的樂趣。如果能繼續練體育，那就太好了。」

「我聽說鄰鎮的高工，棒球隊挺出名的，而另一所高中有籃球班，這間訓練很嚴格，還要住校，但他們提供全額的學雜費。不過，聽說考試很難，因為競爭十分激烈呢！我們一起去考考看！反正，我的頭腦比不上哥哥，但體能方面，我絕對不遜色！」

「好啊，太棒了，我們繼續做同學吧！」他們開心的互相擊掌。

亦婷朝著他們揮揮手，大喊：「威宏！葉翔！別聊了，快下來玩水！」

兩人又進到溪水去。

比賽還帶給葉翔另一個意想不到的禮物。在他們去玩水的這一天同時，張教練帶著一個好消息，來到葉翔的家中。

「張教練！真謝謝你這段時間以來，給小犬的訓練。」葉翔的爸爸開心的說。

「你的兒子表現得很優秀，我很高興能指導到這麼認真的學生。對了，你種的有機蔬菜，也造福我們鎮上人的身體健康，我媽媽還要我再向你訂購呢！」

「您客氣了！我和葉翔能來到田尾鄉，真是有福氣。以前，我們在一個地方從沒待過一年以上，這一次，我們終於找到『家』了，而我的經濟也因為菜園能夠紓困；此後，我們能成為永遠的田尾人了。」爸爸笑得合不攏嘴。

張教練露出微笑。「對了，我有個好消息要通知葉翔。上一次醒獅競賽，有一個舞獅劇團偶然來看比賽。他們成立多年，時常在各地作巡迴表演。比賽完後，他們告訴我，他們很欣賞葉翔和威宏，肯定他們小小年紀，敢勇於挑戰高難度的特技獅表演。他們要邀請兩個人來參加一年一度的入團考試，希望成為他們的團員之一。」

「真的嗎？葉翔聽到了一定很高興，張教練，謝謝你的栽培！」爸爸激動的說。

自葉翔的母親過世，每到一個新環境，他只希望兒子能平安健康，不要再到處惹是生非就好；如今，葉翔徹底轉變，還能受到舞獅劇團的肯定，已超過他所求所想！爸爸在內心，默默感謝上蒼，讓他來到這個好地方。

爸爸將考試通知，放在客廳的桌上。等葉翔回來，爸爸想像著，葉翔打開通知的那一剎那，會露出多麼興奮的神情，他打算帶葉翔去吃一頓大餐來慶賀。他還盤算著，如果葉翔考上了，要把入團通知裱框起來，放在客廳牆上呢。

在教練還沒來之前，他正在種盆栽。那些盆栽是從菜田旁的仙人掌園挪移過來的。他把仙人掌放進三個小盆栽，打算放在客廳，還有葉翔房間的窗邊。仙人掌只要有些微的水，加上充分日照，便能活出一片翠綠來。

地球孕育植物，而植物滋養了地上所有的生物。人類是無數生物中的其中一員，沒有植物也就沒有人類。

這段日子以來，從種菜、栽植仙人掌的過程中，爸爸看到植物為了生長，努力地拔高竄起，爭取每一分陽光和空氣，發展獨特的姿態。每一種植物，有各自的姿態，因此也有不同的生活模式。仙人掌生長在惡劣的環境，只要有充足的陽光，便能昂然挺立，在旱地裡，仙人掌的果實甚至成為小動物們最可口的美食。

爸爸從仙人掌的生活模式領悟到：了解自己，發展出屬於自己的生活模式，有多麼重要。他期待五、六月時，仙人掌園開出美麗的花，隨著微風，展露它獨特、迷人的風采。

九歌少兒書房 230

舞獅少年的天空

著者　潘怡如
繪者　許育榮
責任編輯　鍾欣純
創辦人　蔡文甫
發行人　蔡澤玉
出版發行　九歌出版社有限公司
臺北市八德路3段12巷57弄40號
電話／25776564・傳真／25789205
郵政劃撥／0112295-1
九歌文學網　www.chiuko.com.tw
印刷　晨捷印製股份有限公司
法律顧問　龍躍天律師・蕭雄淋律師・董安丹律師
初版　2013（民國102）年11月
定價　**260元**

書號　0170225
ISBN　978-957-444-913-2
（缺頁、破損或裝訂錯誤，請寄回本公司更換）

國家圖書館出版品預行編目(CIP)資料

舞獅少年的天空 / 潘怡如著 ; 許育榮圖.
-- 初版. -- 臺北市 : 九歌, 民102.11
面 ;　公分. -- (九歌少兒書房 ; 230)
ISBN 978-957-444-913-2(平裝)

859.6　102019919